中国当代文学名家精品集

丁山回味

徐可 著

成都地图出版社
CHENGDU DITU CHUBANSHE

图书在版编目（CIP）数据

千山回味 / 徐可著 . -- 成都 : 成都地图出版社有限公司 , 2025. 5. -- (中国当代文学名家精品集).
ISBN 978-7-5557-2807-8

Ⅰ. I267

中国国家版本馆 CIP 数据核字第 2025F7X596 号

中国当代文学名家精品集：千山回味

ZHONGGUO DANGDAI WENXUE MINGJIA JINGPIN JI: QIANSHAN HUIWEI

著　　者：徐　可
责任编辑：沈　蓉
封面设计：李　超

出版发行：成都地图出版社有限公司
地　　址：四川省成都市龙泉驿区建设路 2 号
邮政编码：610100

印　　刷：三河市人民印务有限公司
（如发现印装质量问题，影响阅读，请与印刷厂商联系调换）

开　　本：710mm × 1000mm　1/16
印　　张：13　　字　　数：200 千字
版　　次：2025 年 5 月第 1 版
印　　次：2025 年 5 月第 1 次印刷
书　　号：ISBN 978-7-5557-2807-8

定　　价：68.00 元

《中国当代文学名家精品集》
编　委　会

出版说明

2023年春，教育部等八部门印发《全国青少年学生读书行动实施方案》。随后，122家国家语言文字推广基地共同发出“典耀中华”主题读书行动倡议。一些具有文化情怀的出版社和文化公司，立即响应，策划各种适合青少年阅读的图书，《中国当代文学名家精品集》书系应运而生。

《中国当代文学名家精品集》书系由北京世图文轩文化发展有限公司（下称“世图文轩”）策划，由成都地图出版社出版。我非常荣幸地受邀担任主编。

世图文轩成立于2010年，系北京市内乃至全国较有影响力的图书发行公司之一，曾获得“重合同守信用企业”“诚信经营示范单位”等荣誉称号。长期以来，世图文轩和众多出版社就优质图书出版进行合作，获得了合作伙伴的一致好评。在“典耀中华”主题读书行动中，他们敏锐地抓住机遇，迅速策划主要以初、高中生为读者对象的大型书系选题，显现出他们的眼光、魄力与胸怀，以及对于文化市场的拓展理想。我相信，这样一家致力于图书策划、出版的公司，其品牌信誉是毋庸置疑的。

为成长中的青少年读者集中呈现名家优秀作品，是一件虽然困难，却功在当代、利在未来的大好事，我能参与其中，与有荣焉。我必须以一种高度的使命感、责任感以及担当精神来做好这个书系，成就这件大好事。

令人特别感动的是，刚开始组稿时，刘成章、王宗仁、陈慧瑛、韩小蕙、王剑冰、李青松、沈念等老师就对这个书系表现出极大的支持和信任，并在第一时间提供了书稿以示鼓励。很快，几乎所有得知此书系的作家都认为这是在为作家、为“典耀中华”主题读书行动做一件好事、大事。由此，我和我的临时编辑室成员获得了极大的信心，热情也更加高涨，此后连续十个月，我们整个身心都扑在了这件事上。

一个人只要用心做事，人们是会感受到的，也会默默地予以支持。事实上也是如此。随着组稿工作的开展，我们和作家们的沟通日益频繁，我们发现，他们除了都表现出对这个书系的兴趣与认可，对当代散文创作的发展、繁荣的前景，还有一种共同的期待与信心。这对我们无疑是一种更为巨大的鼓舞与动力。

组稿虽然也费了不少周折，但总体上比想象中顺利得多。当然，非常遗憾的是，一部分作者由于手头书稿版权等原因，未能加盟到这个书系。

组稿只是我们工作的一部分，更为具体、更为烦琐的，是审稿事务，它出乎意料的繁重，也占据了我们比预想的多得多的时间和精力。偶尔，我们也有点儿想放弃了，但是，想着这是一件功德无量的事，又兀自笑笑，继续埋头苦干。在这个过程中，感谢师友们对我们工作的配合、理解、支持与信任。

静下心来，切实感受审读、编辑工作的价值和意义。

书系里，名家荟萃，佳作如林。有的，曾代表过一种新的创作范式；有的，曾开启过一种创作方向；有的，对某一题材开掘出更深更独特的思想；有的，有引领某类题材与风格的新面貌；等等。毫不夸张地说，散文多角度多样式的表达，在这个书系里应有尽有，全景式、全方位地呈现出中国散文几十年的创作成果，是当代散文创作的一个缩影。

总体上，无论是题材、创作方法，还是思想容量，此书系都呈现了散文广阔的视野，让我们感受到散文天地的无垠无际。

具体来说，以下几个特点特别明显：

一、作者队伍可谓老中青完美结合。入选作者的年龄跨度最大达半个多世纪，上有鲐背之年的高龄名将，他们文学生命之树长青，宝刀不老，象征着老一辈散文家依然苍翠的文学生命力；最年轻的三十出头，他们雏凤声高，彰显散文创作的新生力量蓬勃兴旺的景象；一大批中壮年作家，是当代散文创作领域里当之无愧的中坚基石，他们的创作正处于繁花似锦的鼎盛时期，实力毕现。

二、题材多元多样，内容丰富多彩。书系中，既有涉及上下五千年历史的洒脱智慧的历史文化散文，又有让人惊艳的初次涉猎的新颖、独特题材。有人写亲情，有人写风景。有些人写自己的童年，让我们看到其成长时代；有些人写一个城市或一条河流的前世今生；有些人写自己对故乡的记忆，从更有新意的视角表现这个时代的巨变；有些人集中了自己几十年的写作精品，让我们看到他们的创作道路上的足迹；有些人专注于一个主题，开掘深挖，独具魅力；有些人关注时代、关注身边的人和事；有些人剖析自己的内心情感……总之，反映中华传统文化、红色文化和当代自然文学精粹的作品，在此书系里比比皆是，或温暖动人，或鼓舞人心。

三、风格百花齐放，个性特点鲜明。几十部作品，有的侧重写实，有的侧重抒情，有的注重开掘思想，有的追求内容唯美，有的描写细致入微，有的叙述天马行空……表现方式千姿百态。但无论哪种风格，无论如何表达，皆个性鲜明，情感饱满，呈现出思想性、艺术性、可读性兼备的特质，读者可以从中获得不同程度的启发，感受到散文的魅力。

四、女性作者跳出了人们对“女性散文”固有的观念。书系中占有一定比例的女性作者，她们的作品虽然仍保留细腻敏感的特色，但大都呈现出大气开阔、通透有力的格局。她们温柔而现代的行文表达，对读者来说有着更为别致的情感体验和人生借鉴意义。

总之，这个书系，将是我们打造阅读品牌的开端。如果你愿意静下心来阅读，你一定会有所收获。

习近平总书记在文艺工作座谈会上讲话时指出：“优秀文艺作品反映着一个国家、一个民族的文化创造能力和水平。吸引、引导、启迪人们必须有好的作品，推动中华文化走出去也必须有好的作品。”我们希望，这个书系能成为读者眼里“正能量、有感染力，能够温润心灵、启迪心智，传得开、留得下，为人民群众所喜爱”的“优秀作品”。

在此，特别感谢沈俊峰、陈晨两位搭档的通力协作，我的编辑朋友梁芳、胡玉枝的倾力相助，以及世图文轩、成都地图出版社上上下下推进此书系出版的所有领导与师友的大力支持和耐心细致的工作。他们让我感受到了团队的力量。同时，也特别感谢出版方将我和我的搭档的作品纳入此书系，我们把此举视为对我们的“嘉奖”。

上述文字，不敢称“序”，不敢称“前言”，甚至不敢称“出版说明”，仅表达此书系的缘起和一些组稿、审读的感受，也许过于肤浅，还望广大作者、读者海涵。

《中国当代文学名家精品集》主编

目录

第一辑　山川篇

第二辑　大地篇

第三辑　怀乡篇

第四辑　怀人篇

第一辑　山川篇

千山回味

11 月的北京，已经纷纷扬扬地飘起了雪花。遥想长城之外的千山，银装素裹之下，又该有另一番风景了吧？

说不清哪个季节的千山最美：春天鸟语花香，梨花似雪；夏天绿树掩映，凉爽宜人；秋天漫山红叶，层林尽染；冬天白雪青松，相映成趣。每个季节都妙不可言，每个季节都令人留恋。

千山，古称积翠山，又名千华山、千顶山、千朵莲花山，位于辽宁省鞍山市东南部，辽东半岛东北端，鞍山市东南 17 公里处。千山西南临渤海，东北接长白山，东依鸭绿江，西俯辽河，具有得天独厚的地理位置和自然条件，有“辽东第一山”之称。汽车从市区出发，渐渐进入山区，天气也逐渐转凉。到得千山脚下，已迥然另一洞天。我们去的时候正是夏季，市内骄阳似火，这里却凉爽如秋。接我们的朋友说：“山里还要凉呢。”果然！我们住的宾馆也在山脚下，夜里睡觉都离不开棉被。半夜里被林涛惊醒，听着各种不知名的动物的大合唱，真是如近现代作家夏丏尊所言，感到一种“萧瑟的诗趣”。我在山中小住数日，正好躲过北京最热的几天。现在想来，衣衫上还沾有几分凉意！

游过了黄山、泰山等名山，未免把这“无名小山”小瞧了几分。但一游之下，才知道自己狂妄得无理。亲身领略了千山的妙处，也就明白了当地的朋友提到千山时的那份自豪。

千山其实只有九百九十九座。关于千山的来历，传说很多，其中最有名也最为当地人所乐道的，是这么两个：一说是女娲补天时，不慎将一块石头掉落，石头落地生根，长成千朵莲峰。另一说是，古时一位名叫积翠仙子的女神，为了用不尽的春光点染人间，整日用五彩缤纷的云朵绣织莲花；当她绣到第九百九十九朵的时候，被天帝发现，天帝派了天兵天将来抓她；积翠仙子在挣扎中将手中绣好的莲花撒向大地，化作座座青山，人们为了纪念她，取其整数，把这些山叫作千朵莲花山，简称千山。从这名字，就能想象千山的美妙。传说虽然虚幻，可与千山的美景倒也相称。所以古人有诗赞曰："欲问青天花数朵，九百九十九芙蓉""万壑松涛百丈澜，千峰翠影一湖莲。"

夏天的千山，溪水潺潺，满山滴翠，凉风习习，清爽宜人。走进千山，炎暑就被远远地抛在后面，迎面而来的是清凉的空气，让你感受秋天般的凉爽。山谷里，岚气氤氲，迷迷茫茫；山坡上，松柏静静地挺立着，枝繁叶茂，郁郁葱葱。我们沿着山路缓步而行，满眼皆是山色，尽情地享受大自然的这份馈赠，畅游在天然氧吧中。

到千山不可不登仙人台。仙人台，又称观音峰，以丁令威成仙化鹤归来的传说而得名。有诗这样写道："有鸟有鸟丁令威，去家千年今始归。城郭如故人民非，何不学仙冢累累。"仙人台为千山最高峰，海拔708.3米，不算高，但山势险峻，不易攀缘，而且三面临涧，只有北面一条陡峭的小路迂回曲折，可通山顶。登山远望，诸峰千姿百态，无限风光尽收眼底。这里树木特别多，一路古松夹道，蓊蓊郁郁，遮天蔽日；地面潮湿清凉，生有绿苔，令人想起江南的园林。在这样的环境里爬山有个好处：即使你累得气喘吁吁，也不至于大汗淋漓。峰顶也遍布古松，清风习习，在这里小憩，不由得让你慨叹：快哉此风！不过若遇大风吹来，松涛大作，惊天动地，也令人魂飞魄散！

宗教文化在许多名山中都占有突出地位。千山是辽东佛教和道教的圣地之一，庙宇众多，建筑宏伟，而且布局巧妙。北魏时，千山就有了佛教徒的踪迹。辽金时代，佛教更加兴盛，著名的“五大禅林”——香岩寺、大安寺、祖越寺、中会寺、龙泉寺等，已形成了一定规模的古建筑群。明清以来，道教进入鼎盛时期，有九宫、八观、十二茅庵。所有庙宇都建在深谷和山坳之中，山门和墙垣依托峭壁陡坡而筑，四面或三面环山，与山、石、松浑然一体，彼此烘托，构成一幅幽美、雅致的动人画面。

不过最令我们难忘的，还是道教音乐。抵达千山的第二天晚上，主人为我们安排了一场别开生面的露天晚会，让我们有幸欣赏了千山道教乐团的演出。当斯时也，皓月当空，碧空如洗，青山如黛，寒意侵衣……忽然，箫声响起来了，先是轻轻的、幽幽的，如悠悠白云，似潺潺溪水；继而如狂风怒号，暴雨骤至，雷霆震击；最后复归于宁静，仿佛雨后初霁，鸟鸣啾啾……豪放中夹着轻柔，庄重中带着舒缓。清幽深远、婉转悠扬的乐声在苍黛的群山之间久久回旋飘荡，不绝如缕。一时之间，风声、林涛、鸟鸣、兽吼……都悄然打住，似乎为这箫声所慑服。我们陶醉其中，物我两忘，心下一片澄碧，不知身在何处，不觉月已西斜！

从此后，那月夜，那乐声，如同不肯遽逝的梦境，常在我的脑海浮现。

（1991 年）

寻梦浪茄湾

滚滚红尘中，不知道哪里还有这么一方净土、这么一湾清水，几乎没有受到过人类的污染，这么纯净，这么娇羞，这么美不胜收，仿佛“养在深闺人未识”的处子，让人眼睛为之一亮，心灵为之净化。

我说的是浪茄湾。

离开香港三年多了，我经常想起她、梦见她，想重新回到她温润的怀抱。

从2008年5月到2013年3月，我在香港工作了将近五年。五年里，工作之余，我逛街、行山、上岛、下海、游郊野公园，尽情领略香江自然与人文之美。南丫岛、长洲岛，大屿山、玉桂山，尖沙咀、铜锣湾，鲤鱼门、鸭脷洲，香港仔、薄扶林，九龙城寨、黄大仙祠，迪士尼、海洋公园，维多利亚港的夜景、太平山顶的灯火……自以为已经走遍香港这片土地了。当我从香港同事的嘴里听到“浪茄湾”三个字时，我简直不敢相信自己的耳朵。

浪茄湾！我怎么从来没有听说过这个地方！

2012年国庆节，我终于去了浪茄湾，这才知道原来还有这么一个人迹罕至的世外桃源，让我相识恨晚！那美丽绝伦的自然风光，至今还在我脑海中时时浮现。

浪茄湾是一个海湾，位于香港西贡区粮船湾世界地质公园内。这里远离市区，位置偏僻，交通不便，人迹罕至。也正因此，这里的山水才得以免遭污染。香港特区政府注重保护环境，针对这种地质公园的保护措施尤其严格，禁止机动车辆入内，只有当地为数不多的专用出租车可以开到万宜水库东坝。这里是香港有名的四大长途远足径之一的麦理浩径的起点，有不少驴友从这里开始远足。如果时间充裕，体力充足，全程徒步当然是一个不错的选择。

为了节省时间和体力，我们选择了乘坐出租车。车行缓慢，沿途的闲花野草、青山绿树，让我们赞叹不已。时序仲秋，北方已是层林尽染，南国却依然满目青翠。有发烧级驴友在路边悠闲地走着，有人边走边用相机或手机拍摄沿途风光。黑色的、黄色的野牛，惬意地啃食着路边鲜嫩的野草，有的还慢慢悠悠地踱过马路，出租车就停下来耐心等候。司机说，这些牛原来是当地村民家养的，这里被建为郊野公园后，村民全部迁居别处。他们不忍心杀死牛，就将它们放归大自然。经过长期的野外生活，这些牛发生了形变，脊梁骨如骆驼般挺了起来，成为当地一道独特的风景。在后来的旅途中，我们还不时碰到这些野牛，它们一点都不怕生，一边咀嚼食物一边就凑近过来，我们可以近距离地观察它们那大大的眼睛和长长的睫毛，感受它们鼻孔里呼出的热气，真是有趣！

在东坝下车，首先映入眼帘的是由巨大的橙红色六角形岩柱组成的山崖，非常壮观。万宜水库一带是著名的观石胜地，也是香港最奇特地质景观的所在之处。这里有一座超级火山，大约在一亿四千万年前最后一次爆发，喷出的火山灰超过一万三千亿立方米，这些火山灰如果平铺开来，足以将香港的土地垫高 1300 米。火山灰经过冷却凝固后，形成了蔚为奇观的六角柱石。排列整齐的六角形火山岩柱，几近垂直地高耸在海边，如斧劈刀削一般，堪称“天然六角岩柱壁画”。香港特区政府在修建水库时，有意在水库东坝附近开凿了多个岩石剖面，让六角形火山玄武岩裸露出来，使人们能够近距离欣赏香港独特的六角形火山岩柱、断层、褶曲、扭曲的石柱以及岩脉侵入等地质现象。

万宜水库是全港储水量最大的水库，名列香港十大胜景之一。东坝高达100余米，落成时为世界最高的岩填大坝。为了防御汹涌的海涛，工程师巧妙设计了一道由2500多个双“T”形混凝土预制构件拼合而成的防波堤，既实用又别具特色，在防浪之余也为人们带来视觉享受，成为一道独特的景致。水库里的水在阳光的照耀下，呈现出深蓝、天蓝、蓝绿色，宛如一枚巨大的蓝宝石。晴天的傍晚，落日余晖染红了一汪清水，简直就是一幅“半江瑟瑟半江红”的诗意图，总有不少人架着“长枪短炮”在这里耐心守候，等着摄取最佳时刻的夕阳美景。

从东坝继续往前为山路，山虽不高，但迂回曲折，上攀下行，颇不轻松。好在香港特区政府修建了步行径——麦理浩径。这是香港最早开设、最著名的远足径，全长100公里，共分10段，精华部分是第一、第二段，包含万宜水库、浪茄湾等著名景点。麦理浩径一路标识清楚，指出你所在方位，这些标距柱不仅使驴友能够了解自己已经走过和将要走的距离，而且便于在遇到紧急情况报警时说明自己的位置，是安全健身运动非常重要的一部分。

山上植被茂盛，大部分山顶都被草地覆盖，树木蓊蓊郁郁。山坡下方布满灌木丛，如野牡丹、桃金娘、岗松等，绵延直至海边。时时听到各种鸟鸣，或清脆悦耳，或宛转悠扬。据说，这一带的鸟类品种非常丰富，有鹧鸪，有画眉，有白腰雨燕，有白胸翡翠……虽然无法一一亲见，但光是这些诗意的名字、这么优美的鸣叫，就让人心醉。有时可见澄澈的泉水，从山上潺潺流下，别具婉约之美。行人走得渴了，干脆用瓶子接了泉水，直接饮用。山间天气时晴时阴，时而烈日当空，时而小雨骤至。好在山上建有亭子，我们可以在此小憩兼避雨。一阵小雨过后，树叶、草尖、花瓣上都挂着水珠，晶莹剔透，分外娇艳。在我们的右侧，是浩瀚无垠的大海。海面风平浪静，平滑得如同蓝缎一般。在接近海水的山坡上，有一个个洞穴，令我们大为好奇。经询问驴友得知，那是海蚀洞，是海水不断冲击山丘而形成的，有的游人会乘快艇或游泳从洞中穿过。一路上，山石嶙峋，草木葱茏，移步换景。不时遇到相向而行的驴友，用粤语或普通话热情地跟我们打招呼。

从山上下来，拐过一道弯，右前方就是我们此行的目的地——浪茄湾。前方，正对着大海的一大块坡地上，有一个用低矮的木栅栏围起来的院落，院子里有几幢小木屋，其他地方则是大片的菜地。有几个人在地里莳弄蔬菜。如果不是门口立着的那块牌子的话，这画面简直就是“世外桃源耕作图”，可以入画入诗了，偏偏那块牌子上写的是“基督教福音戒毒中心”。

有同伴说，把一个戒毒中心设在这样优美的山水之间，实在大煞风景！我的看法却正好相反。对于那些身体受到毒品污染的人来说，这样山清水秀的地方正宜于他们悔过自新。每天劳作、诵经之余，仰望苍翠碧绿的青山，远眺宽广蔚蓝的大海，一定能荡涤尘埃，净化灵魂。如果说我们健康人需要到青山绿水间怡情养性的话，那么他们的心灵不是更需要山水的熏陶和滋润吗？

浪茄湾，你这个传说中的最靓海湾，到底有怎样迷人的魅力，为何要到我即将离别香江之际才肯向我揭开神秘的面纱？在今后漫长的岁月里，你会给我留下什么样的深刻记忆？

我收住脚步，立在小径边，静静地欣赏她。

她夹在山岬之间，山环抱着海，海依偎着山，慵懒地卧着，仿佛柔美的少女偎靠在爱人强壮的臂弯里。近处，是一片稀疏的小树林，树下长着不知名的野草，开着不知名的野花。林间早有人支起了帐篷，准备在这里露营过夜——这里是香港特区政府指定的露营地之一。往前，是一片银色的沙滩，沙子又细又白，仿佛用筛子筛过一样。正午的阳光肆意地直泻下来，砸在沙滩上，冒出点点火星，刺得我的眼睛忍不住流泪；偶有白云飘过，在沙滩上投下一道道奇形怪状的阴影，像一只只可爱的小动物似的。海水由近及远，一层一层地蓝下去，蓝到遥远的远方，把天空也染蓝了，透亮透亮的蓝。于是你分不清哪个是天，哪个是海。船在天上行，鸟在海里飞。远处海面上驶过的游轮，留下一声声快乐的汽笛声。忽然有一只巨型的红蝴蝶从远方天空飞来，定睛细看，原来是有人乘红白两色的滑翔伞从空中飘来，为湛蓝的天空平添了一道亮丽的风景。极目远眺，山顶云蒸霞蔚，大海波光粼粼，与棕黛的山石、翠绿的树丛交相辉映，宛若一幅淡雅清幽的水墨山水画，养眼养心，令人心旷神怡。

香港最靓沙滩，沙幼水清，风景如画，果然名不虚传！

于是我们忍不住发出一阵欢呼，脱了衣服鞋袜，换了泳衣，奔着海滩去了，奔着海水去了。沙子细细的，软软的，被阳光晒得热乎乎的，光脚丫子踩上去，脚板心痒痒的，暖暖的，又舒服，又想笑；看来沙滩也顽皮，它一边给你按摩，一边挠你脚心，让你在享受中受点小小的玩弄，反倒成了一种更大的享受。海水虽然经过了太阳的暴晒，但仍然是清凉凉的，踩在水中，一股凉意从脚底向上贯穿全身，身心舒泰。我忍不住发出一声低吟！我们在海里互相撩水打起水仗，笑声像那浪花在海面上漂荡。

玩累了，找个阴凉的地方，把自己摊在沙滩上，彻底放松一下。沙滩里渗透了阳光，疲乏的身体贴在地面，感觉熨帖极了！眯缝双眼，随意看潮起潮落，白帆点点；看云卷云舒，鸟雀飞舞；看层峦叠嶂，草木葱茏……此时，也许有阵阵倦意袭来，渐渐沉入梦乡，耳边传来风声、涛声、鸟鸣、虫嘶……梦中不知身是客，沉醉不知归路，任由那斜阳西坠，玉兔高悬，露水沾湿了秋衣裳。

（2015 年）

恋上秋雪湖

人在大地上行走，你不知道在哪儿会遇上什么风景，不知道哪一处风景会绊住你的脚，系住你的心，让你心心念念，终生难忘。

比如秋雪湖。

秋雪湖是泰州东北部的一个湖，不知道是谁给她起了这么诗意、这么美丽、这么浪漫的名字，让人不由分说地就爱上她。

何况她还有如此姣好的容貌。

秋雪湖地处里下河平原的南缘，仍然保持着传统的苏中水乡风貌。这里地势低平，湖荡相连，水岸绿清，空气清新，蒲草丰茂，野凫绕船，湖港曲曲弯弯，河流恣意流淌。可谓是水的世界、苇的海洋、林的天地、鸟的天堂。

一年四季，秋雪湖有四季的美。

春天，湖水如蓝，柳丝轻拂，花团锦簇，蜂鸣嘤嘤；春风过处，湖边一片青翠，芊芊芦苇，身姿婀娜，在风中轻轻摇曳，如同一片绿色的波浪。有不知名的鸟儿在苇丛上空飞来飞去，“吱吱啾啾”地叫着。此情此景，如在梦乡！漫步秋雪湖畔，仿佛回到了童年的时光。我的家乡紧邻秋雪湖，乡音相近，乡貌相同，也是河汊纵横，同样芦苇丛生。我掰一截芦秆，一嚼一口甜汁，嚼出了童年的味道；掐一片苇叶，卷成芦笛，放在嘴边吹出“吱吱啾啾”的声音，恰似鸟鸣一样，让人重拾童年的心情。如今，湖畔又遍植牡丹花、郁金香、芝樱、兰花等花卉，徜徉花海，美不胜收。

夏天的秋雪湖，碧叶连天，荷花映日，古木森森，蝉嘶鸟鸣；湖水碧波荡漾，水草若隐若现，小鱼小虾在水草间穿梭往来。若是时光倒流几十年，我早就脱得精光，一个猛子扎下水去，和小伙伴们打水仗去了。如今的秋雪湖，已经成了鱼的天堂。这里不仅有青鱼、草鱼、鲢鱼、鳙鱼“四大家鱼”，而且还有鲥鱼、刀鱼、河豚这些在长江濒临绝迹的珍稀鱼种。如果有闲，不妨在湖边垂钓半日，也可抵得十年尘梦。

秋天的秋雪湖，水天一色，芦荻萧萧，白鹭低飞，百果飘香，万顷稻穗，遍地金黄。更让人注目的是那雪白的芦花，开满了湖畔。秋风一起，芦花便漫天飞扬，飘飘洒洒，如下雪一般，正应了她的名字“秋雪湖”。

而冬天的秋雪湖，那是真正的雪的世界了。银装素裹，寂野无声，冬水镜明，天地一白。如有雅兴，偕一二挚友湖边踏雪，其雅绝不下于湖心亭看雪的明末文人张宗子。

秋雪湖的迷人处，是她的秀外慧中。她不仅拥有自然靓丽的容貌，更有那深厚的人文内涵和动人的神奇传说。

秋雪湖历史悠久，文脉绵长。九百多年前，范仲淹曾在这里修筑捍海堰，此工程居功甚伟，被后人称为“范公堤”。八百年前，岳飞曾在这里抗击金兵，如今古战场还有迹可循。历代文人墨客在此吟诗作赋，留下很多脍炙人口的佳作。

特别值得一提的是当代作家胡石言的小说《秋雪湖之恋》。正是这篇小说以及据此改编的同名电视连续剧，让秋雪湖名播天下。小说讲述了一个名叫芦花的水乡少女，与一群淳朴、正直、善良的战士演绎的“震颤心房的一幕幕悲剧”，让多少人泪洒衣襟，念念不忘！作品以红旗农场秋天的芦花为素材，叙述了当时驻军战士在极端复杂的情况下，冒险掩护一个农村姑娘的动人故事，彰显了那个特殊时期的人性之美，给人们带来了温暖和希望。

小说中关于秋天芦花的描写，最是传神：

> 秋雪湖的湖面上，整片整片地铺着白茸茸的芦花。正是看秋雪的好时光。阵风起处，芦花旋舞，蓝天之下，碧水之上，无数朵秋雪在秋阳下闪着白光，无声地、浩瀚地向东飘去……芦花虽然渺小，可是顽强。它们的生命力是摧折不了的。它们会蓬勃地长起来，远远地飞出去……

自从少年时代读过这段文字，秋雪湖，就成了我心中一个美丽的牵挂。

清清的秋雪湖湖水，浇灌了一方土地，滋润了一方百姓，更哺育了一方文学。汪曾祺、胡石言等文学大家都从这里走出，里下河文学让世人刮目相看。秋雪湖畔那一幢原本极为普通的二层小楼，因“文学”二字而声名远扬，成立不久的秋雪湖国际写作中心吸引了国内外文人、学者来此讲学交流、潜心创作，清清的湖水与文学融为一体，交相辉映。秋雪湖湖水哺育了文学经典，文学经典又成就了秋雪湖。秋雪湖是一方自然之湖，更是一方文学之湖。

漫步秋雪湖畔，我抚摸历史、品味人生，眼前仿佛有漫天的芦花在飞舞，耳畔仿佛传来那婉转动听的歌声，那是电视连续剧《秋雪湖之恋》的主题曲：

“小小芦柴花，你落地生根长呀长满坡。小小芦柴花，你落地生根长呀长满坡……”

（2016 年）

鄱阳湖二题

鄱阳是湖，也是县。湖是中国第一大淡水湖，也是中国第二大湖，中外驰名；县在鄱阳湖东岸，古称番（pó）邑、饶州，汉时更名鄱阳县。湖因县而得名（一说以鄱阳山而得名，但此山早已不见），而县也因湖而扬名。

到鄱阳，可看山，看水，看候鸟，看花草，看一切风景。

鄱阳看鸟

一

大寒那天，我与朋友相约到鄱阳湖去看鸟。

大寒是全年二十四节气中的最后一个节气。每年公历 1 月 20 日前后，太阳到达黄经 300°时，即为大寒。清代官修的综合性农书《授时通考·天时》引《三礼义宗》曰："大寒为中者，上形于小寒，故谓之大……寒气之逆极，故谓大寒。"俗语云："小寒大寒，冻成一团。"大寒节气是中国大部分地区一年中的最冷时期，风大，低温，地面积雪不化，呈现出冰天雪地、天寒地冻的严寒景象。宋代邵雍的《大寒吟》这样描述大寒的景象："旧雪未及消，新雪又拥户。阶前冻银床，檐头冰钟乳。清日无光辉，烈风正号怒。人口各有舌，言语不能吐。"人被冻得不能张嘴说话，可见寒到极点了。

我们是2018年1月20日到的鄱阳县，那天正是大寒。冬天的鄱阳湖畔，萧瑟冷清，了无生趣，是南来的候鸟给它带来了生气和活力。

二

鄱阳湖，古称彭蠡、彭蠡泽、彭泽，位于江西省东北部，长江中下游南岸，是赣江、抚河、信江、饶河、修水五大河流的入江总汇，江西向心水系的中心，下接长江。南北长173公里，东西最大宽度74公里。湖区面积在平水位（14～15米）时为3150平方公里，高水位（20米）时为4125平方公里以上。丰水季节浪涌波腾，浩瀚万顷，水天相连。鄱阳湖中有水生维管束植物102种、浮游生物266种、鱼类122种、豚类2种、已鉴定的贝类87种。特别难得的是，长江江豚种群数量约1012头，其中潘阳湖区域就有400多头。

优良的地理、水文条件，使鄱阳湖区成为亚洲最大的越冬候鸟栖息地。每年秋末冬初，有成千上万只候鸟，从俄罗斯西伯利亚、蒙古、日本、朝鲜以及中国东北、西北等地来此越冬。如今，保护区内鸟类有300多种，近百万只，其中白鹤等珍禽50多种。占世界总数98%以上的白鹤、80%以上的东方白鹳、70%以上的白枕鹤都在鄱阳湖区越冬。这里是世界上最大的鸿雁种群越冬地，越冬的鸿雁数量达6万多只；这里还是中国最大的小天鹅种群越冬地，越冬的小天鹅最高数量达7万多只。同时，这里也是大量珍稀候鸟的重要迁徙通道和停歇地。鄱阳湖是白鹤的天堂、天鹅的故乡，被称为“白鹤世界”“珍禽王国”。

三

大量候鸟的到来，让冷清的鄱阳湖有了生趣，也吸引了天南地北的爱鸟者，冬天到鄱阳湖观鸟成为一项热门的旅游项目。每年冬天，都有成千上万的游人专程来鄱阳湖看鸟。

随着气温逐渐下降，每年的10月下旬到11月初，鄱阳湖进入越冬候鸟迁徙高峰期。

最先到达潘阳湖的候鸟是鸿雁。鸿雁似乎格外性急，每年的9月下旬就匆匆赶往鄱阳湖。

鸿雁，又称大雁。每当秋冬季节，它们就从老家西伯利亚一带，成群结队、浩浩荡荡地飞到鄱阳湖过冬，第二年春天再回到西伯利亚产蛋繁殖。大雁的飞行速度很快，每小时能飞68～90公里，它们能够飞行几千公里，经历漫长的旅途。

很多人对大雁的队形印象深刻。在长途旅行中，它们常常排成“人”字形或“一”字形，这可不是飞行表演，而是为了保存体力和保障安全。在这种队形中，头雁扇动翅膀带动气流，在其身后形成一个低气压区，后面的大雁就可以利用这个低气压区减少空气的阻力，飞起来会很轻松，有利于提高整个雁群的持续飞行能力。同时，这种队形也有利于防御敌害。它们一边飞着，一边不断发出“嘎嘎”的叫声，叫声有提示起飞、停歇等的信号作用，大雁们以此互相照顾、呼唤。在飞行中，带队的大雁体力消耗得很厉害，因而它常与别的大雁交换位置。幼鸟和体弱的鸟，大都插在队伍的中间。雁群停歇在水边找食水草时，总由一只有经验的老雁担任哨兵。人们常说：“大雁飞得高，全靠头雁带。”确实如此，头雁一般是很有力量和经验的。同时，我们也可见大雁强烈的集体意识。

紧随其后到达潘阳湖的是苍鹭、豆雁、斑嘴鸭、鸬鹚等候鸟。苍鹭又称灰鹭，属大型水边鸟类，头、颈、脚和嘴均甚长，因而身体显得瘦长。苍鹭喜欢独处，常常两脚交替独立着地，它们能长时间地在水边站立不动，往往可达数小时之久，就像一个在思考终极命题的思想家。豆雁属大型雁类，体型大小似家鹅，生性机警，不易接近，常在距人

500 米外就起飞。斑嘴鸭属大型鸭类，体型大小和绿头鸭相似，鸣声洪亮而清脆，很远即可听见。鸬鹚是我们熟悉的大型食鱼游禽，善于潜水，嘴强而长，锥状，先端具锐钩，适于啄鱼，下喉有小囊，常被人驯化用以捕鱼。我们小时候常常看到鱼佬在它喉部系着绳子，让它下水捕鱼，捕到鱼后它会将鱼吐到鱼篓里或船舱里。捕完鱼后，鱼佬会喂给它一些小鱼小虾作为奖励。

较为有名的候鸟还有白鹤。白鹤是大型涉禽，体型略小于丹顶鹤，站立时通体白色，胸和前额呈鲜红色，嘴和脚呈暗红色；飞翔时，翅尖呈黑色，其余羽毛呈白色，分布于中国、印度、伊朗、阿富汗和日本等地。白鹤为世界濒危物种，属国家一级保护鸟类，是鄱阳湖保护区的重点保护对象之一。全球的白鹤总数大约为 4000 多只，其中 98% 的白鹤都要从北方飞抵鄱阳湖越冬。在鄱阳湖越冬的白鹤，10 月下旬飞来，至翌年 3 月底全部迁走，越冬期约 150 天。白鹤活动时主要以家庭为单位，觅食时，双亲还要饲喂幼鹤，直到翌年 2 月中旬幼鹤才开始自己挖泥取食。至于在鄱阳湖越冬白鹤的种群数量，中国科学院动物研究所的科研人员进行了相关调研，结果显示，1980 年冬季首次在大湖池发现有 91 只，此后历年统计，逐年增加，到 2002 年越冬白鹤种群总数达 4000 只以上。

冬季，人们从四面八方赶到鄱阳湖，来欣赏那种“飞时遮尽云和月，落时不见湖边草”的壮观美景。

四

在鄱阳，我与白鹤相遇。

鄱阳可以观鸟的地方很多，鄱阳湖国家湿地公园是最佳的观赏地之一。鄱阳湖湿地公园以湖泊、河流、草洲、泥滩、岛屿、泛滥地、池塘等湿地为主体景观，湿地资源丰富，类型众多而极具代表性，湿地物种非常丰富。公园有鸟类17目41科86属132种，其种数为江西已知鸟类的30%左右，尤其以鹭鸟最多。据统计，仅鹭鸟就有9种，它们是小白鹭、中白鹭、大白鹭、夜鹭、池鹭、苍鹭、草鹭、牛背鹭、白琵鹭。

我就是在鄱阳湖湿地公园见到白鹤的。进入汉池湖水禽栖息地保护与保育区，进门左侧是一大块用栅栏围起来的区域，这就是鹤园，里面生活着白鹤，它们和本家丹顶鹤在一起。鹤园里还有东方白鹳、灰鹤、蓑羽鹤等。这是我第一次见到白鹤，它和丹顶鹤实在太像了。白鹤体长130多厘米，长长的颈项，通体白色，优雅而高贵。白鹤一点也不怯生，大大方方地在游人手中啄食、吃食，让游人照相。鹤的自然寿命很长，可以活到五六十岁，是长寿动物，被视为吉祥长寿的象征。白鹤对环境条件的要求非常高，是环境状况的重要指示性物种，每年冬天竟近乎悉数选择到鄱阳湖越冬，是因为它们在这里受到了精心的呵护。

我们平时看到的大雁，是在天空中飞行的，它们那“一”字形或“人”字形的雁阵，会引得我们驻足抬头仰望。在这里，我们第一次近距离看到了停留在陆地上的大雁，它们在一片开阔的滩涂上悠闲地散步，也有的在芦苇丛中觅食。可以看到，它们颈部至腹部为白色，头部到脖子为黑色，背部、双翼为灰色。时时有大雁从远处飞来降落，也时时有大雁从滩涂上起飞远去。

在鄱阳大地行走，随时、随处可以看到各种鸟类。它们在沟渠中，在水田里，在湖水边，在许多有水的地方。鄱阳湖两岸的草滩上，茂盛的冬草像被梳理过一样密集整齐，无边无际，成群结队的大雁就隐匿其中，静静地耳鬓厮磨。白天鹅、黑天鹅时而在湖中尽情嬉戏，时而在水面上滑行，时而展翅高飞，时而又隐没在青草丛中。在偏僻的湖汊，丹顶鹤、灰鹤在自由地觅食。一只孤鹜突然从芦苇中惊飞，直冲云霄，消逝在晚霞之中。候鸟们把这里当作第二故乡，悠闲地生活着。

为了给这些远道而来的客人提供最佳的越冬环境，鄱阳湖保护区采取了最严格也最周全的保护措施。保护区工作人员连续多年对白鹤等珍稀候鸟的主要食物苦草进行调查，监测其生长状况，还通过科学调控水位，营造适宜的觅食环境。沿湖各保护站都有人员在湖区监测和巡护，营造安全的栖息环境，让这些尊贵的客人“住得安心，吃得舒心”。

其实，把鸟儿们当成客人，那是见外了。俗话说：“花木管时令，鸟鸣报农时。”花草树木、鸟兽飞禽均按照季节活动，它们规律性的行动，被看作区分时令节气的重要标志。所以，候鸟是原始的气象专家。在传统的农耕社会，人们根据它们南来北往的节奏，正确地顺天应人，治人事天，恪守大道和天地的度、数、信，给生活带来幸福与安宁。所以，与其说它们是人类的朋友，不如说它们是人类的老师更为贴切。

人类与万物和谐共处，这就是生态文明的核心要义吧？

鄱阳看水

冬天本不是看水的季节，可在鄱阳，水无处不在，一年四季的水都好看。

也许是从小出生在水乡的缘故，我对水格外亲，到哪儿都喜欢看水，看到水就喜欢。《论语》说：“知者乐水，仁者乐山。”《五灯会元》记载青原惟信禅师讲述自己修佛悟道的历程时说：“老僧三十年前未参禅时，见山是山，见水是水。及至后来，亲见知识，有个入处，见山不是山，见水不是水。而今得个休歇处，依前见山只是山，见水只是水。”我没那么高深，我看山就是山，看水就是水，纯粹喜欢而已，什么也没悟出来。

鄱阳县总面积4214平方公里，其中水域面积950平方公里。境内有大小湖泊1067个，鄱阳湖的主体部分就在境内，还有大小河流225条，被誉为“千湖之县”“中国湖城”“浪花上的城市，鸟语下的乡村”。城在湖中，湖在城中，上千个湖泊星罗棋布地荡漾在全县的各个角落，滋润着这块土地，养育着这块土地上的人们。几千年来，鄱阳人在与水的融合搏斗中繁衍生息，随着历史一起构筑这风光旖旎的江南古城，近两千年的历史孕育了悠久灿烂的水文化。

这里的水，一年四季有四季的美：春天，春水如蓝，花草烂漫；夏天，水天一色，横无际涯；秋天，秋水澄净，芦花飞絮；冬天，湿地无涯，人鸟共舞。

鄱阳县湖泊多、河流多，每一个湖泊、每一条河流，都是一道独特的风景。

饶河亦名都江，因鄱阳县乃古饶州府治所在地，故得名饶河，是江西五大河流之一，赣东北两条母亲河之一。它汇聚了昌江河、乐安河两条支流，在鄱阳县莲湖附近注入鄱阳湖。饶河上游重峦叠嶂，森林茂密，河面狭窄，水流湍急；下游地势平坦开阔，水网稠密，河面开阔，水流缓慢。从芝山上的望江亭远眺饶河，只见河水浩浩汤汤，气象万千。

珠湖因唐时盛产明珠而得名，水面面积8万亩。相传，珠湖原本就是王母的玉盘打翻后遗落在鄱阳湖畔的一颗明珠。七仙女路经此地，见此湖圆润、清澄，十分欢喜，便经常偷偷下凡来这里洗澡。王母得知后大怒，派喽啰把珠湖啃蚀得残缺不齐，这就有了珠湖周边48大汊、108小汊。珠湖自然清新，湖水碧绿，水质纯净，鸟语花香。湖面开阔，极目远眺，烟波邈远，湖与山相连，水与天相接。随兴来湖边走走，无论怎样的烦恼忧愁，都会在这山水中渐渐飘散，伴随着宽广的是人的心胸。

东湖是鄱阳县城诸水泊中最古老也是最大的湖，积淀着历朝历代精神文化的丰富内涵。它犹如一颗落入凡尘的碧玉，多少年来静卧沉思；它见证了鄱阳的千年历史，沉淀了鄱阳的古老文明，是一个历史文化名湖。“东湖十景”曾经赢得文人骚客的诗文歌咏。世事沧桑，历经千百年风雨，“东湖十景”已成为纸上的风景。痛惜之余，鄱阳人陆续采取措施维修保护了一些重要景点，这些景点成为了鄱阳文化名城的重要组成部分。人与自然的互生共存，推动着山水文化的发生发展。鄱阳“东湖十景”以新的姿态呈现在世人面前，展示出独特的历史文化内涵和城市底蕴。东湖边垂柳婆娑，湖面薄雾氤氲，云影在天空浮动。湖堤杨柳拂水，绿树成林，古木参天。绕湖而行能看到湖面上连接对岸的古桥，如小巧精致的渡船浮于水面。站在东湖边，静看碧水环岸，江鸥白鹭，亭台水榭，草木葳蕤，此情此景，美不胜收。

冬日的晴空下，鄱阳的水是安静的、柔美的，像梦中的睡美人一样。虽然天气寒冷，但是冬天的湖水多了一份从容与淡定，摇曳着喧嚣城市里的宁静与祥和。远处的天空，近处的房子和树木花草……一切浑然天成，在湖畔衬托着一幅幅水墨山水画。面对如此美景，几乎所有人都会不由自主地吟诵起王勃的优美词句：“落霞与孤鹜齐飞，秋水共长天一色。渔舟唱晚，响穷彭蠡之滨；雁阵惊寒，声断衡阳之浦。”遥想当年，鄱阳湖水让多少文人墨客吟诗作赋，借水抒怀；碧水中，莲叶间，留下多少平平仄仄的清韵。

然而，鄱阳的水并不总是这样安静，这样温驯。它也有暴跳如雷的时候，也有桀骜不驯的时候，也有肆意妄为的时候。鄱阳尽得水之利、尽享水之乐，但也曾备受水之害、备尝水之苦。翻开《鄱阳县水利志》可以看到，历史上鄱阳水灾频仍，曾给当地百姓带来巨大的损害。人与水最好的相处方式，是和谐共生。今天的鄱阳，人与水和谐共处，是几千年摸索、努力的结果，所以万物生长，百鸟翔集，草木葱茏，人民安居。

是的，这里的一山一水、一石一木，都有太多的历史故事和文化记忆；清新的空气中，可以触摸到江南水乡特有的迷人而忧伤的文化气息。荡漾在这片土地上的柔波，构成了这个城市的独特风景，让人们的生活越来越多姿多彩。

（2018 年）

长白山　水之趣

论看水，人们想到的多是张家界、九寨沟。金秋时节，我偏偏在长白山看到了形态多样、鲜活多姿的水。

天池：静水流深

天池是长白山山顶的明珠，游长白山者，几乎无不为天池而来。观天池，有北坡、西坡两条路线。当地人云："北坡险峻，西坡秀美。"不同角度，天池展现的是不同的面貌。二十余年前，我曾在北坡观赏过天池；这次从西坡上山，虽是故地重游，仍不无期待。

长白山天池位于长白山主峰火山锥体的顶部，是一座火山口，经过漫长的年代积水成湖。虽届仲秋，然秋风习习，秋阳和煦，难得一个艳阳天。有从山上下来的游客说："别上去了，什么也看不见！"的确，因为山顶气候变幻多端，时而云雾缭绕，时而细雨蒙蒙，天池戴着神秘的面纱，轻易不肯示人，听说登山者十有八九看不到天池真面目。然而既来之，岂有放弃之理？我们爬了1442个台阶，终于登临山顶，终于看到了天池！天池略呈椭圆形，蓝天白云下，宛如一枚巨大的蓝宝石，清澈碧透，一平如镜。有人赞叹之余，不免遗憾：天池虽美，未免太静了。的确，水贵活而忌死，贵动而忌静，贵流而忌止。如果是一潭死水，任它名气再大，也没有灵气。余心不服，细细观之，发现此言差矣。天池水看似平静，实则静中有动，寓动于静，似静而实动。在平滑如镜的水面上，有几处细细的涟漪，猛看似乎静止不动，长时间凝视，才能察觉其以极慢极慢的速度缓缓推进。是微风所致，还是暗流涌动？不得而知。长白山天池平均水深 204 米，最深处达 373 米，水面周长 13.1 千米，周围险峰环抱，人们对其只能远瞻，无法近观，故而倍感神秘，甚至有天池水怪之说。正所谓“大音希声，大象无形”，静水流深，智者无言。

孔雀河： 清且涟漪

如果说天池的特点是深与静，那么孔雀河的特点就是浅与动。

与孔雀河相遇，是一个不期而遇的意外惊喜。

孔雀河真名“秃尾巴河”，本是一条无名小河。在人们步履匆匆奔往名山大川的路上，不知有多少这样天然清丽的无名风景被略过。偏偏我们对这个土得掉渣、俗得有趣的名字起了兴趣，于是便弃车下道，披荆拨草，寻到河流，终于没有错过一场美丽的邂逅。

第一眼看到它，我们所有人——不管男的、女的，老的、少的，都不约而同发出一声惊呼——哇！秃尾巴河美得让人心悸！在两岸杂色的乔木、灌木、芦苇、茅草夹护中，一条绿色的丝带在缓缓飘动，在秋日金色中特别醒目。临河视之，河水清冽可鉴，水中纤毫毕现。河底砂石，粒粒分明；水草丰美，摇曳生姿；幼鱼细虾，游嬉其间。水清并不足奇，水草亦属常见，然此河的水清到直视无碍，此处的水草细软柔长，密集丰茂，非它处可比。水草是秃尾巴河最奇妙的景观。这里的水草绿到发蓝，波光中如无数蓝孔雀竞相开屏，河水仿佛也被染成了孔雀蓝，于是我们给它起了一个名字叫作“孔雀河”，也有人叫它“翡翠河”，喜爱之情，无以言表。河水不急不缓地静静流淌，遇有阻碍拐弯时发出轻轻的“哗哗”声；水草在河水的冲刷下轻轻摆动，看上去不是河水在流动，而是水草在挣脱河水的束缚奋力前行，水草的末梢轻轻摆动，优雅至极。秃尾巴河并非名胜风景，又隐于草木丛中，虽有路牌指示，然路人多不知其妙，故而人迹罕至。我们有缘相遇，如武陵渔人误入桃花源中，缘河而行，触目皆景，恋恋不舍，沉醉不知归路。

讷殷溪：从远古走来

天池美景天下知，讷殷古城无人晓。

世人皆知长白山的生态之美，然而却少有人知道长白山深厚的历史文化。2014 年 10 月，学者在考察讷殷文化时，意外地发现了讷殷古城城墙和一些重要文物，从而揭开了讷殷古城的神秘面纱，这个满族的前身女真的发源地也渐渐为人所知。

在讷殷古城参观时，路边潺潺流淌的溪水吸引了我。水很清、很浅、很细，欢快地跳跃着，顺着山势流下来。年轻的解说员也说不清它从何处来，流了多少年，只知道它从来就没有断流过。这细细的溪水让我心生感慨。古往今来，天地之间，多少豪情壮举都成过眼烟云，多少英雄豪杰都已化为泥土，作为女真古老部落之一的讷殷部也已消失 400 多年；而这股细细小小的溪水却一直在汩汩流淌，从不知其纪的远古流到现在，而且还将流向未来。天地有大美而不言，不管世事如何变幻，唯有青山常在，碧水长流。

（2017 年）

大化的山啊大化的水

大化的清晨，是在动物们的大合唱中醒来的。

到达大化后的第一个早晨，一阵嘹亮的鸡鸣声把我从梦中唤醒。喔喔喔——喔喔喔——！我掀开被子，翻身起床，打开手机一看，还不到五点钟，距我设定的闹钟还有两个多小时。回到床上躺着，想补一觉，可是睡意全无。嘹亮的鸡叫声此起彼伏。久违了的鸡鸣声，让人仿佛回到了童年的故乡。一会儿，又传来一只鸟叫的声音：“瞿—啾啾—瞿！瞿—啾啾—瞿！”声音清脆悦耳，好像就在我窗外。马上又有别的鸟儿加入进来：“啾啾啾，啾啾啾！”“咕咕咕咕！”又有一只小狗——确是小狗，因为它的声音比较稚嫩，单薄而清脆，不像大狗的叫声那样浑厚——不知道是恼火被吵醒，还是不甘寂寞，也跟着叫起来：“汪汪汪！汪汪汪！”不管是鸡是鸟是狗，叫声皆高亢而清脆，似乎饱蘸着水乡晨间的雾气。鸡鸣、鸟叫、犬吠，都市久已不闻了，恍惚间仿佛置身于世外桃源。

早餐后，我们乘车到码头，登船游红水河百里画廊。昨天晚上一到大化，当地的朋友就不断地提起红水河。朋友说这条河里的水是从云南红河流过来的，一路经过红色的丘陵地带，两岸的红土被河水冲刷而下，把河水染成了红色，故名红水河。这让我们非常好奇，都想亲眼看看红色的河水是什么样子的。

我们登上轮船，举目四望，天！这哪里是什么红水河，这分明是一条绿水河嘛！我从来没见过这么清、这么蓝的河水，水很深，一眼看下去，是深不见底的绿，绿到发蓝。尽管知道白居易的诗句“春来江水绿如蓝”中的“蓝”，不是蓝色，而是一种蓝草，可是这河水的确“绿如蓝”，如蓝宝石一般的蓝。两岸的草木丰美极了，水与两岸草木一色，不知是水染绿了草木，还是草木映绿了水。

我们连忙召来当地的朋友，请他解释这是何故。朋友笑眯眯地细说端详。原来，以前，这条河水确实是红的。河水从上游奔腾而下，奔突咆哮，一泻千里。从上游裹挟下来的红土，把河水染成了红色，如一匹脱缰的红色野马。那时，从云贵高原原始森林冲刷下来的树木黑压压地铺满河面，成为当地百姓生火煮饭的柴薪。二十世纪八十年代末，当地建起了大化和岩滩两个大型水电站，不但有效地利用了水能，而且制服了这匹桀骜不驯的野马。从此，水清了，水绿了，出现了山奇、水秀、洞秘、峡险、洼幽、坝雄的独特景观，造就了百马巴楼山、古河百里画廊、贡川情人湾、板兰小三峡等闻名遐迩的奇丽风光。

原来如此！

我们所乘坐的，并非舒适宽敞的游船，而是水上巡逻用船。船体狭小，船舱不大，船头和甲板都很小。起初大家都老老实实坐在舱里，后来发现看不过瘾，很多人都跑到船头和甲板上，尽情远眺。

大化红水河百里画廊，是大化水电站蓄水后形成的红水河峡谷秀丽风光，昔日浑浊的河水一去不复返，今天的河水碧绿得如同翡翠一般，与蓝天交相辉映，水天一色。船头如刀尖一样劈开碧波，一条长长的雪白波涛从船尾一直向后方延伸开去，又消失在后方的山水间。红水河畔翠竹婆娑，绿树错落有致，两岸群峰林立，连绵起伏的山水充满诗情画意，真是“江作青罗带，山如碧玉簪”啊。舟行水上，两岸青山绿树依次后退，犹如在一幅幅明丽清新的山水画中行走，百里画廊的山山水水令人心旷神怡。

红水河三峡是百爱峡、弄岭峡、板兰峡的总称，为河道式长湖，全长16公里，水面宽100～300米。长湖蜿蜒曲折，两岸葱绿的峰丛山地，高出水面500～600米的悬崖峭壁直插湖中，形成险峻的喀斯特峡谷，青山倒映湖中，溶洞画壁陈列，无数瑶家木屋点缀在险峰顶、山坳口、悬崖旁和峡谷湖边。峡谷中一山连着一山，山峰连绵不绝，每座山都各具形态，当地的朋友也说不出这些山的名字。不过聪明的大化人还是给其中一些山起了生动有趣、各具特色的名字，比如猴王山、群猴攀崖、三眼崖、神符壁、弄岭峡、方洞方岸、猫头鹰山、女娲补天等，这些山不时激起人们的阵阵惊喜呼声。峡谷两岸的山谷地带翠竹依依，同时分布着大片的野蕉林，而恐龙时代的植物“活化石”桫椤也生长在其中，构成极美丽的生态探险游景区。

南方的天，说变就变。大化的雨真多，从抵达到离开，三天里雨下下停停，停停下下，几乎没有断过。刚刚还艳阳高照呢，转眼天就变脸了，有时大雨倾盆，有时细雨霏霏。这也许是大化水多的原因之一吧？河面上泛起轻烟薄雾，如同笼罩了一层薄薄的轻纱，空气里也多了一些湿气。不期而至的雨水，不但没有扫了人们的兴头，反而增加了大家的兴致。大家纷纷拿出相机、手机使劲拍照，拍了景又拍人。花枝招展的女士们当然成为镜头前的焦点，男士们也不甘寂寞，“咔咔咔”地拍个没完。无巧不巧，偏偏在此时，远处出现了一叶扁舟，一个渔人头戴斗笠、身披蓑衣，正在撒网捕鱼。这个为生活劳作的渔人不知道，他和小船、蓑笠，无意间点染了天然的风景，给这山这水增添了几分诗意。“西塞山前白鹭飞，桃花流水鳜鱼肥。青箬笠，绿蓑衣，斜风细雨不须归。”秀丽的山水总是能荡涤人们的心扉，久居都市的人们在大自然的怀抱里找到了慰藉。

依我看来，大化最多的就是山和水，最美的也是山和水。不是在水上游，就是在山间行，除了县城外，平整的地面不多。山依着水，水偎着山，构成了大化独特的地貌。看水即看山，看山也是看水。红水河两岸延绵不绝的山峦不必说了，这里还有大化人最引以为豪的、世界上独一无二的“七百弄”。

来大化，游红水河、登七百弄是两门“必修课”。还在来大化的路上，接我们的朋友就跟我们显摆大化的美食，其中最有名的是“红水河鱼”和“七百弄鸡”。红水河鱼好理解，无非就是产于红水河的鱼；七百弄鸡是什么意思？经朋友解释才明白，此“弄”非动词，名词也。在瑶族的语言里，“弄”是深谷的意思，指的是山间的洼地。七百弄是一个地名，其实有一千多个“弄”，七百弄只是一个保守的说法。七百弄鸡是当地山民散养的土鸡，据说肉质鲜美，口感极佳。我没口福，不知这鸡的味道到底如何。

但是七百弄是一定要去看看的。

登七百弄，准确地说，应该是登七百弄的山。七百弄地处大化北部，石山面积达 251 平方公里，由海拔 800～1000 米的 5000 多座高峰丛、1300 多个深洼地的山弄组成。座座峰丛基座相连，山峰密集呈四面环围状；千姿百态的石山间的洼地，深凹如锅底，这就是瑶族人称为的“弄”。山看着并不高，可是爬起来却很累，累得我气喘吁吁、汗流浃背。当地的朋友贴心地递给我湿纸巾，可擦不完汹涌而出的汗水。干脆不管它了。登临山顶，清风徐来，暑意顿消，感觉人一下子清爽多了。登上千山万弄观景台，放眼望去，那真的是群山环绕啊。重峦叠嶂，气势磅礴；山岩嶙峋，崎岖突兀；千峰竞秀，形态各异，拟人状物，如鬼斧神工。

甘房弄被誉为“天下第一弄”，有石碑为证。从弄顶往下看，只见深深的谷底散落着三五座房屋，它们的主人是世世代代、祖祖辈辈居住在这里的瑶族同胞。据说，从弄底到弄顶有 1418 级台阶，我们爬一次已经累得瘫软，这里的村民们要到山外去一趟，多不容易啊。

大自然的造化如此神奇，令人惊叹，然而在这样的地理环境下生存却不是一件容易的事。有人调侃说，七百弄“金木水火土”五行俱缺，唯独不缺石头。因为缺土，居住在这里的人们，长期在石头缝隙间“抠”土种庄稼。因为缺土，人们连房屋都舍不得建在平地上——实际上也没有那么多平地可供建房，巴掌大的地方都用来种庄稼了。我们看到所有的房子都是“挂”在山壁上的——在山壁上炸出一个“凹”字形，整出一块平地，把房屋嵌在里面。七百弄的降雨量是很丰富的，但是1300多个弄就是1300多个漏斗，不管有多少雨水，“漏斗”都可将其“喝光”。因此，这里的瑶民祖祖辈辈艰苦劳作，日子却始终过得很凄惶。这些年，大化用企业培植的方法帮助农民改善生活，闻之令人欣慰。人们常说：“绿水青山就是金山银山。”大化的山山水水，不仅美丽了人们生活的环境，而且为人们的生存和发展提供了丰富的资源。大化人守着这么美的山、这么美的水，何愁过不上好日子呢？

（2018年）

宿建德江

在浙江建德，我没想到，竟然能与古人枕着同一条江水入眠。

虽然时令已经过了立秋，但八月的暑气依然尖锐逼人。从杭州萧山机场出来，锐利的阳光就像针尖一样从每一个毛孔扎入体内，令人对建德朋友“17度新安江”的自诩心生疑窦。面对大家疑惑的目光，建德的朋友们微笑不语，只是催促我们抓紧时间，赶到建德后还要参观水电站呢。

抵达建德已是薄暮。我们马不停蹄地去参观的第一站就是新安江水电站。

新安江水电站的大名，大约在小学或初中课本上就见到过，知道它是中国人自己建设的第一座大型水力发电站。今日第一次亲见，对它才有了更多的了解。水电站于1957年4月动工兴建，1960年4月正式发电，仅用了4年时间就把全部投资收回；到目前为止，新安江水电站获得的利润可投资建设同样规模的水电站13座。现在，新安江水电站年均发电量虽然在全国不再排名第一，但它在中国水电史上却永远有着特殊的历史地位。1959年4月9日，周恩来总理来这里视察后欣然题词：“为我国第一座自己设计和自制设备的大型水力发电站的胜利建设而欢呼！”“欢呼”二字很形象，生动地表达出总理抑制不住的喜悦之情。发电机厂房墙壁上有一幅巨型油画，描绘的正是周总理那次视察的情景，正好是对题词的佐证。

新安江水电站坐落在铜官峡谷之间。新安江多峡谷、多急流、多险滩。“一滩复一滩，一滩高十丈。三百六十滩，新安在天上。”这是对新安江的真实写照。这么多的急流险滩，对航运十分不利，却蕴藏着巨大的水能。特别是铜官峡谷一带，正是落差较大而地质条件良好的地方。1947 年，当时的民国政府就提出了在新安江建设水电站的设想，这一设想终于在二十世纪五十年代末六十年代初得以实现。新安江水电站的建成，不仅为华东地区特别是上海市提供了电力，还具有防洪、灌溉、航运、养殖、旅游、发展水上运动和林果业等综合效益，等于再造了一个新建德。

进入新安江水电站，一股突如其来的浓浓寒意把我们每一个人都紧紧裹住，大家忍不住惊呼“好爽”。尽管有解说员事先提醒，然而大家还是感觉这低温有点超乎想象，这才明白“17 度新安江”并非虚言。解说员告诉我们，新安江的水从大坝底下 70 米深处奔流而出，因此常年恒温，保持在 14～17℃。这恒温的江水，使得位于峡谷中的新安江城拥有了冬暖夏凉的独特小气候。炎炎夏日，从水电站泻下的江水犹如脱缰的野马奔流而下，搅动了河谷中低气压的空气，从而形成了一阵阵凉风，沁人心脾。“水至清，风至凉，雾至奇”是新安江“三绝”。所以，“清凉水世界，梦幻新安江”就成为当地的旅游宣传口号。

新安江的水清，自古有名。南北朝著名诗人沈约游览新安江时就曾写道：“洞澈随清浅，皎镜无冬春。千仞写乔树，百丈见游鳞。”唐代诗人李白游历新安江后，慨然叹曰：“借问新安江，见底何如此？人行明镜中，鸟度屏风里。”而孟浩然更直截了当地赞叹：“湖经洞庭阔，江入新安清。”如今，新安江水质达到国家一级标准，市场上热销的一种纯净水就取自新安江。

“雾奇”是新安江的第三大特色。从大坝底下流泻的江水所产生的湿气流，与峡谷下层气流相激，产生平流雾，因此江面上一年四季江雾弥漫，这在全国江河中都属罕见。夜游新安江，让我们同时领略了新安江“三绝”。船在江上游，流动的空气湿湿的、凉凉的。一团团或浓或淡、形状变幻多样的云雾在江面上升腾起舞。南岸的山峦，北岸的楼宇，在黄色灯光的映衬和奇雾的弥漫中，勾勒出朦胧的轮廓。

新安江之行的一大收获，是我惊讶地得知，著名的千岛湖竟然也是新安江水电站的产物，是新安江水电站蓄水而成的水库，因为水库中有1078座岛屿而得名。我多次与千岛湖失之交臂，没想到在这里与其偶遇。站在新安江水电站大坝上眺望远方，眼前一片浩浩汤汤的开阔水面，横无际涯。他们说，这就是千岛湖。不过，我们所能看到的，只是千岛湖极小的一部分。千岛湖的面积为573平方千米，是杭州西湖面积的89倍；它的蓄水量为178亿立方米，是杭州西湖蓄水量的1271倍；沿着它的湖岸线走一圈，60匹马力的机帆船要开上半个月。我有限的想象力无法想象这是怎样的一种壮阔。但我要感谢勤劳智慧的前人，他们不但造福后人，而且美化了我们的环境、我们的生活，让我们在享受他们创造的物质便利的同时，还享受了他们创造的美。

建德水源的丰沛，山川的秀美，连浙江的朋友都要惊叹，更别说我们这些外省人了。新安江是浙江省的母亲河钱塘江的干流，钱塘江干流全长609千米，它的上游新安江就占了373千米。漫步新安江畔，但见峰峦挺秀，翠岗重叠，百川飞泻，江流曲折。坐拥如此奇山碧水，是建德人之福，也是中国人之福。

关于新安江，唐代诗人孟浩然还有一首诗，更加脍炙人口，那就是《宿建德江》：“移舟泊烟渚，日暮客愁新。野旷天低树，江清月近人。”建德江就是新安江流经建德的一段。诗人行舟至此，停船靠岸，远眺江水泱泱，旷野茫茫，天幕低垂，江月近人，油然而起莼鲈之思。

其实，我到达建德当天，就惊喜地发现酒店紧邻着一条河流。从七楼的窗户看下去，河并不宽，一河碧水，静卧在窗外。河的对岸，并列着一高一低两座小山，山上密布着树木，郁郁葱葱。更远处，山的一角，隐隐约约现出一些楼宇。河的这边，沿岸是一排树木。两山之间，一座石拱桥横跨两岸，如同长虹卧波。河水清澈而静谧，倒映着蓝天、白云、青山、桥梁和绿树，宛如一幅绝美的山水画。我随手拍了一张照片发到群里，引来大家的一阵惊呼。一打听才知道，原来这就是新安江。想到今夜将枕着孟襄阳笔下的建德江入眠，一时竟不知今夕为何夕。我抬头看一看天空，唐朝的那轮明月还在，洒下漫天的清辉。

（2018 年）

第二辑　大地篇

沉睡的胡杨谷

汽车行驶在南疆大地上，大片大片的农田从车窗两边向后退，有绿油油的水稻，有金灿灿的麦浪，有开着红花、白花的棉田，还有挂满果实、飘着果香的杏园……偶尔还可以看到一汪清亮亮的水，还有半青半黄的芦苇荡。如果不是不时闪过的光秃秃的荒山提醒，我常常会恍惚不知身在何处。现在正是七月下旬，虽然已是晚上九点多钟，太阳依然明晃晃地挂在天上，逡巡着不肯下沉。

当我们的汽车下了 217 国道，拐上一条简易公路时，我的心也随着身子剧烈地跳动起来。路是用沙石铺成的，坑洼不平，迂回曲折，我们的大巴车就像茫茫大海上的一叶扁舟似的，左右摇摆，上下颠簸，车上的人就随着这颠簸摇摆晃动着。

不知走了多远，汽车终于停下了，眼前豁然开朗：传说中的睡胡杨谷到了！

这里是塔克拉玛干沙漠西北边缘，北距塔里木河二十公里，西距阿拉尔市区五十公里，东距库车一百三十多公里，一望无际、浩瀚辽阔的睡胡杨谷从眼前向远方展开，直抵天际。

我们雀跃着下了车，迫不及待地冲向睡胡杨谷。放眼望去，但见天似穹庐笼罩四野，荒漠如海奔腾翻卷。在这片无垠的沙海上，布满了枯死的胡杨木，它们没有枝丫和树皮，只剩下光秃秃的躯干，有的直立，有的倾斜，有的横卧，千姿百态，争奇斗异。仔细打量，那些奇形怪状的胡杨木引起我们的无限联想。有的如虎狼咆哮，有的像天狗噬日；有的像威武勇士，有的似屈子行吟；有的似二龙戏珠，有的像剑指天空；有的像一家三口开心相拥，有的如忠贞伴侣遥遥守望；有的高傲地昂首向天，有的谦卑地匍匐于地；有的似开怀大笑，有的像掩面而泣……你可以尽情想象，用你所能想到的事物来形容它们，用你的才华编织出无数离奇曲折的故事。在落日余晖的照射下，天与地与树，一片灰黄，一派苍凉，让人生出无限沧桑之感，心里倏然冒出唐代诗人陈子昂的著名诗句："前不见古人，后不见来者。念天地之悠悠，独怆然而涕下！"

同伴们一边惊叹着，一边忙不迭地照相、合影。形态各异的胡杨树，每一棵都能引来欢呼和关注；大漠落日的壮观，更是引来阵阵惊呼。身着艳丽服装的女士，与枯黄的胡杨木形成了鲜明的对比，给这片沉寂的荒原增添了亮色，成为众多男士竞相拍摄的焦点。我也未能免俗，拿出手机抓紧拍下一棵又一棵胡杨木。我们明知道自己拍的照片并不专业，但为的只是留下睡胡杨的身影。

新疆生产建设兵团一师十四团的工作人员告诉我们，睡胡杨谷坐落在横穿塔克拉玛干沙漠的和田河和克里雅河古道交接处。远古时代，这里曾经是茂密的胡杨林。随着克里雅河断流、和田河改道，胡杨树集体逐年干枯。尼雅古城、圆沙古城和昆岗先民家园以及下游楼兰古城消失，史学家一致认为水源枯竭是主因，这片胡杨林成为无言的佐证。

半个世纪前，兵团一师大举开发塔里木，到这里却被河流所阻戛然而止，从而完整地保留下一片原始的胡杨林，成为生态的警世钟。2013年年初，人们在塔克拉玛干沙漠古河道中发现了这处保存完好、枯死数千年的大面积胡杨林，仅在十四团境内就有 6 万多亩。枯死的胡杨林，虽然"断臂残腿"，生命不再，但依然挺立在戈壁荒漠之上，演绎着千百年来与沙漠风暴展开生死搏斗的动人故事，守护着脚下这片干涸的土地。胡杨之殇营造了一种奇特的壮丽景观。“活着的胡杨夏绿秋黄，固然旖旎；死去的胡杨更加壮美，以独有的形态，给人以思想的启迪。只有躯干，没有树皮和枝叶——虽死犹生，虽睡犹醒，故得名‘睡胡杨谷’。”专家将此地称为“塔里木原生胡杨标本库”，十四团将这片胡杨林命名为“睡胡杨谷”，开发与保护并重，加强了胡杨林管护工作，组织了一支二十余人的护林员队伍，全年不间断地对辖区内天然存活的胡杨林进行巡护，以保障辖区胡杨的良好生长。

人们常说，胡杨生而不死一千年，死而不倒一千年，倒而不朽一千年。这样的说法很难从文献资料中找到印证，颇有点神话色彩，未必可靠；人们所赞赏的，是胡杨坚强不屈的精神。资料显示，胡杨是第三纪残遗的古老树种，它的历史可以追溯到一亿三千万年前；在库车千佛洞和敦煌铁匠沟第三纪古新世地层中部发现了胡杨的化石，这说明胡杨至少也有6500万年的历史。《后汉书·西域传》和《水经注》都记载着塔里木盆地有胡桐，也就是胡杨。胡杨主要生长在中国新疆的塔里木河流域。胡杨生长在最恶劣、最残酷的气候环境之中，它们耐寒、耐热、耐碱、耐涝、耐干旱，组成了一条壮阔的绿色长廊，阻挡了沙暴对绿洲的侵袭。它们就算死去，也屹立不倒，仍然用自己坚强的身躯守护着这片土地。千百年来，胡杨守护在边关大漠，守望着风沙，被人们誉为“沙漠守护神”“沙漠英雄树”。维吾尔语称胡杨为“托克拉克”，意为“最美丽的树”。人们从胡杨的坚劲风骨中，感受到的是强大的生命气息！

在新疆，在兵团，我听过许多关于胡杨的故事和传说，给我印象最深的是下面这个。据说，十四团所在地曾是丝路驿站。相传，公元前60年前后，汉宣帝任命郑吉将军为第一任西域都护，在渠犁（今库尔勒）一带屯田，领护当时丝绸之路的南、北两道。当郑吉率部进入昆岗（今阿拉尔一带）地界，看到茂盛高大的胡杨林一望无际，很是好奇。向导告诉他，当地人叫这种树胡桐树，因其耐寒、耐热、耐碱、耐涝、耐旱，又被称为“英雄树”。郑吉哈哈大笑，脱口道：“英雄胡桐树，从此归汉家。”《汉书·傅常郑甘陈段传》说：“汉之号令班西域矣，始自张骞而成于郑吉。”史学家普遍认为，从郑吉开始，才真正实现了中原王朝对西域的实际管控，西域从此成为我国领土不可分割的一部分。

一千多年以后，一批刚刚从战争硝烟中走出来的军人来到新疆，他们就地集体转业，成为新一代的屯垦戍边人。他们在极其艰苦恶劣的环境中，一手拿枪，一手拿镐，边战斗边开荒，为边疆的稳定、发展、繁荣奉献了青春、热血甚至生命。在兵团，我们参观了屯垦纪念馆和兵团人当年居住的土坯房、地窝子，采访了多位老军垦战士，听他们讲述当年艰苦创业的历程。讲到动情处，这些坚强的老战士往往潸然泪下，我们也被感动得热泪盈眶。他们很多人是“献了青春献终身，献了终身献子孙”，真的是把根扎在这片土壤中了。

一师四团有一块墓地，这里埋葬着那些死去的四团官兵。四团人把这块墓地叫作“19 连”。

四团一共 18 个连，为什么叫 19 连？

那一瞬间，我想起了睡胡杨。

睡胡杨，这名字真好！它们没有死，它们只是睡着了。总有一天，人们还会唤醒它们，继续守望这片辽阔的土地。

凝望静默的睡胡杨，我分明触摸到了它们跳动的灵魂。

（2015 年）

水润南阳

晚餐过后，主人热情地邀请作家们移步会议室，笔墨纸砚早已备好，希望大家留下墨宝。几位作家兼书法家铺纸濡笔，潇洒挥毫，行云流水，墨香四溢。我不擅书法，但再三推辞不过，只好恭恭敬敬地写了四个字：

真水无香。

这是乙未年七月初七，我第一次到南阳，今晚也是我在南阳的第一个晚上。主人把我们安排在鸭河口水库旁边的一个宾馆。

我自己都不明白为什么会写下这么几个字。

南阳于我而言，是一座既熟悉又陌生的城市。说熟悉，是因为她大名鼎鼎，我从中学起就在课本以及各种文学作品、史学著作里屡屡与她相遇；说陌生，是因为从未有缘与她“肌肤相亲”。南阳于我而言，又像一本厚重的大书，厚重得令人敬畏，让人仰视。翻开这本大书，我看到了五六十万年前白河上游“南召猿人”的身影，领略了春秋战国高超发达的铸铜、冶铁工艺，发现了西汉完备先进的水利设施，品鉴了明朝丰美精湛的园林、绘画、雕塑、书法，欣赏了清朝巍峨壮观的古建筑……据说，大诗人李白对南阳情有独钟，不仅多次前来，而且留下了很多名篇佳作，热情礼赞南阳的美丽与繁华：“清歌遏流云，艳舞有余闲。遨游盛宛洛，冠盖随风还。”“惜彼落日暮，爱此寒泉清。西辉逐流水，荡漾游子情。空歌望云月，曲尽长松声。”他那首著名的《送友人》，一说就是创作于南阳的白水之滨：“青山横北郭，白水绕东城。此地一为别，孤蓬万里征。浮云游子意，落日故人情。挥手自兹去，萧萧班马鸣。”所以，我是带着朝圣的心情来的，下定决心要好好读一番这本厚重的大书。

没想到，第一次来南阳，来到南阳的第一个晚上，我心心念念的竟是南阳的水。

其实到这个时候为止，我并没有真正见到南阳的水。夜宿鸭河畔，窗外虫声呢喃，树影婆娑，我辗转反侧无法入眠。拉开窗帘，一窗月光倾泻而下。我久久凝视着薄雾弥漫的秋夜，努力想象着月光下静静沉睡的一池清水的模样，脑中油然冒出一首打油诗：“春江水暖鸭先知，鸭河水暖谁先知？左思右忖觅不得，明朝下河问鸭去。”当我把这首打油诗在微信朋友圈“发表”之后，一位著名诗人点赞曰：“有禅机。”

难道世界上真的有心灵感应这回事吗？第二天早上，主人好像知道我的心事似的，居然真的安排我们下河了。当然并没有真的下水，河里也没有鸭子，我们只是坐着快艇在水库里转了一圈。到这个时候，我才有幸一睹鸭河芳容。站在坝上眺望水库，但见碧波万顷，湖天一色；群峰叠翠，绿烟霭霭。坐上快艇，我们向湖中心飞速前行。水中鱼儿游弋，水面鸟儿低掠。透过水面向下看，湖水蓝得像海水一样，深不见底。船夫打趣说：“我给你们捞几条鱼，中午吃吧？”他的话勾起了我对童年往事的回忆，那时候家门前的小河清澈见底，水中的鱼虾、水草清晰可见，我们经常在河里游泳戏水、摸鱼摸虾。作为一个在长江边长大、对水有特殊感情的人来说，能在中原地带见到这么丰沛、这么清澈的水，真的既亲切又惊讶！

其实我这是井底之见了。南阳真是一块风水宝地，她各种资源都很丰富，而水资源尤其丰富。南阳河流众多，分属长江、淮河、黄河三大水系，长度在百公里以上的河流就有 10 条，水资源总量达 70 多亿立方米，水储量、亩均水量及人均水量均居河南第一。

都说一方水土养一方人，人们把水排在土的前面，可见对水的重视。如果没有水，土地会干涸、龟裂，寸草不生，颗粒无收，如何养人？水是万物之源。大地有了水，才肥沃起来；城市有了水，才灵动起来；植物有了水，才滋润起来；人有了水，才美丽起来；南阳有了水，所以物华天宝，人杰地灵。南阳矿产资源丰富，天然碱、蓝石棉、高铝矿物等储量居全国前列，独山玉是中国四大名玉之一；南阳植物资源丰富，是全国粮、棉、油、烟的集中产地，果类、中药材、月季花全国有名，素有“中州粮仓”“天然药库”之称；南阳名人辈出，“科圣”张衡、“商圣”范蠡、“智圣”诸葛亮、“谋圣”姜子牙、“医圣”张仲景等都是出生或曾活动于此；到今天，南阳作家群依然是引人注目的一个作家群体，许多作家的名字如雷贯耳，我们这一行采风的作家中就有好几位是南阳人。这样厚重的文化积淀，这么丰饶的物产资源，无不是拜水所赐。古人说：“上善若水。”又说：“知者乐水。”南阳的水，使这方土地更加灵气滋润，使这里的人们更加智慧善良。

凡是到过江南水乡的人，无不对那里户户临水、家家枕河、“小桥流水人家”的景致赞不绝口。相比之下，南阳的水显然少了一份婉转、一份浪漫、一份诗意。它就那么实实在在地澄碧着，在澄碧中不经意地流露出自己的美丽。它就那么实实在在地浇灌着土地，滋润着万物，养育着人民。南阳人似乎并没有过多地做过“水文章”，要说做文章的话，做的也是实实在在的文章。这一点，真的很像河南人的性格，淳朴、憨厚、实在。南阳的水利是自古有名的，西汉时就是全国重要的灌区之一。如今，南阳又成为“南水北调”中线工程的核心水源地和渠首所在地。她的水不仅滋养着当地的万物，还向京津冀等缺水地区慷慨地敞开了胸膛。

那一天，我们不惧长途奔波，只为了去看一眼“南水北调”渠首和丹江口水库。南阳的空气特别洁净，阳光几乎没有任何遮蔽地直射下来，阳光下的湖水比鸭河水还清、还蓝，宛如一枚巨大的蓝宝石。主人介绍的一组数据深深地打动了我：南阳 10 万民工用了 5 年零 8 个月的时间修成引丹总干渠，141 人牺牲，2880 人受伤致残；库区淹没土地总面积 144 平方公里，迁出、安置移民近 20 万人，各项损失多达 90 亿元；关、停、并、转水源区污染企业近 500 家，南阳水源地水质已连续 7 年保持优良。

我们默默地凝视水库，向这一方清水致敬。

（2016 年）

丝绸盛泽

一

一块五彩斑斓、柔软光滑的丝绸飘落在江南的山光水色中，人们给她起了一个好听的名字，叫“盛泽”。

盛泽是苏州市吴江区下属的一个镇，地处江浙两省的交界处，春秋时期是吴越两国的边城之地，可吴可越。当地有学问的老人说，盛泽地名的由来，有好几种版本，可是我还是愿意“望文生义”，相信这个名字肯定与当地湖泊众多有关。

的确，盛泽“盛泽”，湖泊众多，水资源丰富。盛泽镇的东西两头，分别是两个湖。东为菱叶渡，俗称东白漾，虽然面积很小，但它的四周却连通着五条河。西为盛泽荡，俗称西白漾，又名舜湖，这是一个大湖，纵横逾四里，水势壮阔，烟波浩渺。两湖之间，一条市河横贯东西，两岸就是镇里最为繁华的南北两大街。徜徉在镇区的任何一个地方，随处可见一湾湾绿水，一座座小桥，幽雅而又富于水乡情致。据地方志记载，舜湖周围10公里，“水光回绕，遥接平林，凫渚花汀，更多殊境。波卷洞庭之雪浪，源探天目之云根，贾舶渔舟，疾催飞鸟，千树万落，掩映烟峦”。

这里简直就是老天赐予的一方宝地。地处太湖流域的盛泽，沃野平展，阡陌纵横，湖荡密布，雨量充沛，气候温暖，物产丰富。

在这丰富的物产中，有两种毫不起眼的生物结合在一起，衍生出了一种美丽绝伦的物件。

在漫山遍野的草木植被中，有一种树，叫桑树。千百年来，它春绿秋黄，冬天叶枯掉落，无人理会。

在无以计数的动物中，有一种虫儿，人们叫它蚕。多少年间，它吐丝结茧，羽化成蛾，自生自灭，无人理会。

不知道是哪一朝哪一代、哪一年哪一月，不知道是哪个聪明的先人，突然发现桑叶可以喂蚕，蚕可以结茧，茧可以缫丝，丝可以织成布匹，布可以缝成衣裳……

于是，一种叫作“丝绸”的东西问世了。它的发明者大概不会知道，这种薄如蝉翼、轻如鸿毛、柔滑似水的东西，竟会价比黄金，竟会闹出惊天动地的大动静，铺就一条中华帝国通往西域邻邦的丝绸之路……

二

在一个形同筛子的竹编簸箕中，一条肥嘟嘟的蚕宝宝正在专心致志地啮食着鲜嫩洁净的桑叶。它是那样贪婪，那样专心，以致无暇理会它的小伙伴们——它们也都在埋头啮食着桑叶，顾不上彼此交流。

它们是那样专注于眼前的美食，谁也没有注意到，在它们旁，站立着一位瘦削的农人，那是它们的主人，正用欣赏的眼光温柔地看着它们。是他，以及他的家人，为蚕宝宝们准备了如此鲜嫩洁净的盛宴。他们知道，蚕宝宝爱干净，不能容忍一丁点儿不洁。

这些蚕宝宝已经经过三轮蜕皮了，在它们的生命中，这已经是壮年了。它们将完全成熟，渐渐停止进食，准备“上山”吐丝结茧。而它们的主人，已经准备好了结茧所需的器具，准备迎接蚕的一生中最辉煌时刻的到来。

蚕宝宝的生命很短暂，短暂到只有60天左右；蚕宝宝的思维很简单，它们只是拼命地吃桑叶，把自己吃得白白胖胖的，然后吐丝结茧，羽化成蛾。它们没想到，自己用生命吐出的丝，对人类还有那么大的用场，没想到洁白的丝线能变成多彩的丝绸。

蚕宝宝没想到的，盛泽人想到了。早在五千年前，太湖流域的先民们就已学会了栽桑、养蚕、缫丝、织绸。至唐代，盛泽一带的丝绸生产已渐成规模，几乎家家户户都养蚕缫丝。“四邻多是老农家，百树鸡桑半顷麻。尽趁晴明修网架，每和烟雨掉缫车。”这是晚唐诗人陆龟蒙寓居吴江时所作的诗句，可见当时吴江地区养蚕缫丝已相当普遍。元代时，著名的意大利旅行家马可·波罗游历到此，目睹了这里生产的生丝和绸缎，见到了许多商人和手工艺人，称赞这里生产的绸缎质量上乘，并在《马可·波罗游记》中记述了商人将绸缎运至省中售卖的情况。

明代，随着东南沿海的开发，盛泽的手工丝织业迅速兴起和发展，形成颇具影响的产业。据乾隆年间的《吴江县志》记载，明成化（1465—1487年）、弘治（1488—1505年）以后，“盛泽、黄溪四五十里间，居民乃尽逐绫绸之利，有力者雇人织挽，贫者皆自织，而令童稚挽花。女工不事纺绩，日夕治丝”。明末清初，盛泽的丝绸贸易日趋繁富，先后出现了新杭绸市、黄溪绸市和盛泽绸市，形成了“水乡成一市，罗绮走中原”的盛况。明末著名文学家冯梦龙在《醒世恒言》中描绘当时的盛泽是“市上两岸绸丝牙行，约千百余家，远近村坊织成绸匹，俱到此上市。四方商贾来收买的，蜂攒蚁集，挨挤不开，路途无驻足之隙。乃出产锦绣之乡，积聚绫罗之地”。随着丝绸业产量不断增长，外省的绸商纷纷来盛泽采购丝绸，并在盛泽建立会馆。从顺治（1644—1661年）到嘉庆（1796—1820年），盛泽先后建成了金陵、济宁、山西、绍兴、宁绍、华阳、徽宁、济东八大会馆，“为全国所仅见”。

从明代中叶至今的五百多年间，虽然世事变迁，历经盛衰，然而丝绸业始终是盛泽经济的支柱。盛泽以一个小镇的规模，与苏州、杭州、湖州并称为“中国四大绸都”。民国年间，有报纸形容盛泽“日出万绸，衣被天下”，就是当时盛泽最好的写照。

三

丝绸的创造者，一定是位风华绝代的美女。她热爱美，又有着超群的想象力。

传说中的丝绸发明者嫘祖，正是这样一位绝色佳人。她是传说中的北方部落首领黄帝轩辕氏的元妃。据说是她创造了养蚕治丝，北周以后被祀为“先蚕”（蚕神）。唐代著名韬略家、大诗人李白的老师赵蕤所题的《嫘祖圣地》碑文称：“嫘祖首创种桑养蚕之法，抽丝编绢之术，谏诤黄帝，旨定农桑，法制衣裳，兴嫁娶，尚礼仪，架宫室，奠国基，统一中原，弼政之功，殁世不忘。是以尊为先蚕。”有学者载：“西陵氏之女嫘祖为黄帝元妃，始教民育蚕，治丝茧以供衣服，而天下无皴瘃之患，后世祀为先蚕。”盛泽的先蚕祠是江南地区供奉“蚕神”嫘祖的庙宇。自古以来，每年蚕月开始时，蚕农都会祭祀嫘祖。传说中嫘祖的生日“小满”当天，先蚕祠都会举行规模盛大的祭祀活动，同时连唱三天“小满戏”以酬谢嫘祖恩泽。

传说当然不可考也不可信，可是我们还是要感谢聪明的先人，为我们创造了这么一种美丽的面料，把这世界装扮得更加绚丽多彩。盛泽人也许不是最早发明丝绸的人，但是他们把丝绸做到了极致，盛泽也成了中国最大的丝绸产地之一。

盛泽生产的丝绸种类繁多，品质优秀。春秋战国时期，当地的养蚕方法已经十分讲究，缫出的蚕丝质量很高，其纤维之细之匀，可与近代相媲美，当时已有“一女不织，或受之寒”的民谚。秦汉时期，盛泽丝绸技术飞跃发展，染、织、绣工艺空前提高。隋唐五代时期，盛泽丝绸工艺技术达到前所未有的水平，各种产品丰富多彩，特别是纬锦的大量出现，标志着提花技术的重要变革。唐代，盛泽生产的吴绫成为贡品。明正德年间的《姑苏志》上说：“绫，诸县皆有之，而吴江为盛。唐时充贡，谓之吴绫。”到了明代，丝绸技术高度成熟，盛泽生产的丝绸就有绢、罗、绫、绸、纱、棉布、苎布等许多种类。“盛纺”曾是盛泽丝织品中产量最大的品种，也是最具代表性的丝绸产品，因质量优异而被冠以地名，与“杭纺”齐名。清代，传统丝绸业达到了手工生产的顶峰，在清宣统二年（1910 年）举办的南洋劝业会和意大利都灵博览会上，盛纺都捧回了最高奖项。1915 年，盛纺还与茅台酒一起荣获巴拿马万国博览会金奖。

在盛泽，五颜六色的丝绸以及丝绸制品争奇斗艳，令人眼花缭乱，目不暇接。其中最引人注目的当数宋锦制品。宋锦是宋代发展起来的以桑蚕丝为原料，经线和纬线同时显花的具有宋代艺术风格的织锦，它与南京云锦、四川蜀锦一起，被誉为我国的“三大名锦”。宋锦古朴典雅，图案纤巧秀美，色彩艳而不俗，被誉为中国“锦绣之冠”，已被列入世界非物质文化遗产。爱美的女士们当然不会错过这些精美的衣裙、手包、披肩，男士们当然也没有空手而归。

盛泽像一块五彩斑斓、轻柔光滑的丝绸，轻轻地飘落在江南的山光水色间，装点得这片山水分外妖娆。

（2016 年）

品味仙居

神仙居

柔和的阳光从东方喷薄而出，沾着湿润的晨雾，便化作七彩的颜料，泼洒开来，洒在高耸的山峰上，洒在翠绿的树木上，洒在土地、青草、鲜花上，皴染出一幅极淡雅的山水画。升腾变化的雾气，仿佛是宣纸上尚未洇干的墨迹，以缓慢的速度变幻着造型，挺拔的山峰掩映在朦胧的云雾怀抱之中。画的层次感极强，近处的叶片纤毫毕现，远处的群山云雾缭绕，一层一层模糊下去。

我们带着由衷的赞叹，走进这湿漉漉的画中。

雨后的空气格外清新，空气中弥漫着新鲜的泥土气息和花草香气。山色迷蒙，水汽缭绕。我们用轻盈的步履，品读神仙居，一步步读的都是唐诗与宋词。“天街小雨润如酥，草色遥看近却无。”“天阶夜色凉如水，卧看牵牛织女星。”多年前读过的那些诗句，“呼噜呼噜”地都冒了出来，更有那骚人诗兴大发，当场吟诗作赋，一时间此起彼伏，你唱我和，倒也热闹得紧。

来到神仙居，我不由得想起李白的诗句：“不敢高声语，恐惊天上人。”神仙居景区内群山环绕，山峰平均海拔 1000 米。景区内奇峰环列，山崖陡峭，基岩落石处处成景，集“奇、险、清、幽”于一体，汇“峰、瀑、溪、林”于一地。身处其境，处于袅袅雾霭之中，大有飘飘欲仙之感。山中风光晴雨不定，时而阳光明媚，群山苍翠雄伟，绵延不绝；时而小雨霏霏，群山云雾缭绕，仿佛天宫时隐时现。四周拔地而起的笔直断崖高耸入云，宏伟壮丽，如果不是借助于索道，我们也许无法在“天上宫阙”体验一把神仙的逍遥自在。

神仙居最大的特点是“奇”。不仅山奇、峰奇、石奇、水奇，四周的崖壁也充满奇异色彩。沿山路缓步而行，周遭形态各异的石峰不断引来一阵阵惊呼。如同许多景区一样，神仙居人也为这些奇石异峰起了一个个形象的名字。位于十里幽谷口的“睡美人”，正像一位睡梦中的妙龄少女，仰靠在山崖上，媚态万千；就连对崖那块守望美人亿万年的“将军石”，眉宇间似也平添了几多怜惜。

神仙居是世界上最大的火山流纹岩地貌典型，景观丰富而集中，兼有“天台之幽深、雁荡之奇崛”，清光绪年间的《仙居县志》就记载了神仙居八大景观：“双峦架日”“天柱插空”“仙人叠石”“象鼻锁涧”“瀑布水”“观音洞”“狮子峰”“幞头岩”。现在，景区有“观音岩”“如来像”“迎客山神”“将军岩”“十一泄飞瀑”等百余个景点。从这些名字就可想象出山石峰岩的各自造化。高崖巨屏、奇岩怪石的排列组合，如顽童泼墨，妙趣横生，一山一水、一崖一洞、一石一峰都能自成一格。

潺潺的水声，一路追随着我们，不离不弃得像钟情的少女。因为连续几场雨，神仙居的水量格外充沛。路边小沟里，清澈的溪水欢快地流着，偶尔遇到凸起的石块，就顽皮地打个滚，留下几朵小小的浪花，又急急地追赶同伴去了。有时走着走着，泉水不见了；可当你拐过一个弯去，又不期然地与它相遇，仿佛它故意要给你一个惊喜似的。神仙居的瀑布也多，有名的有十一处，不时有或大或小的瀑布从高而陡的山崖直泻而下。“飞天瀑”号称神仙居最美的瀑布，瀑布随风飘荡，形成“S”形的曲线飘落而下，十分美丽。象鼻瀑是神仙居中水量最大的瀑布，常年流水不干，瀑声震耳欲聋。从侧面看上去，象鼻瀑所在山体酷似一头大象的面部，而象鼻瀑刚好从“大象”的“鼻子”所在位置飞流而下。

山因水而灵，水因山而活。丰沛的雨水，让神仙居变得格外湿润，为神仙居披上绿色的盛装。神仙居风景绝美，更是一个神奇的植物王国，共有植物约1400种。毕竟是传说中神仙居住的地方，景区里古树名木林立，奇花异草遍地，有珍贵的长叶榧和南方红豆杉，还有目前世界上发现的唯一新物种“仙居油点草”。这些花花草草都有着非常好听的名字。像珍贵的藤上奇花——朱雀花，外形与朱雀极为相似，更有着各种类似朱雀动作的造型。朱雀花直接长在藤蔓上，花萼像鸟头，花瓣如鸟身，有褐色的头，修长的身，微张的双翼，还有翘起的鸟尾，有如朱雀飞舞。每年三四月朱雀花开时，花朵吊挂成串，每串二三十朵不等，串串下垂，酷似无数碧玉雕就的朱雀落在枝头。万鸟栖枝，神形兼备，令人叹为观止。值得一提的是，神仙居里有很多景点是以朱雀命名的，如朱雀瀑、朱雀桥等。关于朱雀花，还有个美丽的传说。相传数百年前，“八仙”之一的铁拐李来到人间，看到稻田的谷穗被一大群朱雀吃光，农民颗粒无收，顿生怜悯之心，便用山藤将朱雀缚住，将之弃于山野间，只是每年清明节前后庄稼青黄不接之时才将朱雀放飞，于是便有了这阳春烟雨中玲珑可爱的朱雀花。

还有那云。神仙居的云也格外地多，格外地奇。“海为龙世界，云是鹤故乡。”自古鹤与仙是连在一起的，仙人所在的地方当然少不了云。云是仙人的交通工具，没有了云，仙人如何出行？攀上顶峰，站在观景台上，举目四望，天空祥云缭绕，山间雾气蒸腾，波涛汹涌，恣肆汪洋，变幻万千，云海美景，宛若仙境。观音峰盘坐在云海之中，有如南海观音踏云而来，栩栩如生。行走在景区的悬空栈道，如在天宫。“松下问童子，言师采药去。只在此山中，云深不知处。”那密林深云之中，不知道有多少仙人出没其间。

“山不在高，有仙则名。”神仙居完全印证了这句话。作为传说中仙人居住的地方，神仙居声名远播。所以当年宋真宗听闻此地后大发感慨，说此地“洞天名山，屏蔽周卫，而多神仙之宅”，于是下令将台州永安县改名仙居，于是“仙居”之名一叫就叫到了今天。

皤滩古镇

神仙居风光虽好，究非我等凡人久留之地。从神仙居下来，踏入皤滩古镇，我们从超凡脱俗的仙境一脚跨进世俗人间。

皤滩地处仙居县的母亲河——永安溪畔。皤滩是永安溪独一无二的五溪汇合点，即朱姆溪、万竹溪、九都坑溪、黄榆坑溪同汇至永安溪，溪面至此变得开阔，盛水期可同行十多艘大木船。在那陆路运输靠肩挑背扛的年代，水运是最廉价便捷的，故而为商贾首选。早在998年前，这里就因水路便利而成为永安溪沿岸一个繁华的集镇。

皤滩古街的入口处很不显眼，三米多宽的街口与普通的小巷毫无差别。然而走进古街，我们便被它悠久的历史、昔日的繁华、精湛的艺术深深吸引。据介绍，从空中看，皤滩古街形似一条龙，西龙头，东龙尾，中间弯曲成龙身。“龙头”所对的正是五溪汇合点；“龙尾”处，飞檐马头墙、砖雕牌坊鳞次栉比，特别是那座国内罕见的砖雕牌坊，高3.5米，宽8米，雕刻着一组组龙凤呈祥、麒麟献瑞、鹤鹿祈福以及花卉人物的图案，栩栩如生，更使“龙尾”平添了一份灵气和动感。街道全部由鹅卵石铺嵌，两旁保存有唐、宋、元、明、清等朝的建筑，码头、店铺、客栈、戏台、当铺、书院、祠堂、庙宇一应俱全。

看过很多“崭新”的古镇，皤滩古镇陈旧得令人不敢相信。一街的鹅卵石，被岁月的脚步踩踏得无比光滑；两侧的旧民居，斑驳的油漆写满了岁月的沧桑。残存的九曲龙形街，宽不过三四米。古街两边，大部分是木质建筑，风雨剥蚀的板壁，古迹斑斑的板门，高过街面的石板柜台，古色古香的招牌，把一个古商贸集市活灵活现地展现在人们面前。街边的药堂当铺、高楼酒肆、名士府邸，见证着古镇往日的繁华。那些破落的马头墙以及落满灰尘的临街的石柜台上，仿佛还能寻觅到一丝往日的辉煌和繁华。数个世纪以来，这里上演了多少悲欢离合，都湮没在历史的风云中，无声无息。

徜徉在皤滩古街上，我们用目光抚摸着古屋、古井、古戏台、古宅院，如同翻阅着一本古老的书。泛黄的册页中，写满了数百年的故事。古街上的居民很少，他们悠闲地坐在街边屋前，有的守着摊子，却并不如一些古镇小贩那样大声招揽客人；古镇民风淳朴，做小本买卖的大姐“买一送一”，让我们用一份的价钱享用了两份冰凉的石莲豆腐；游客也少，都在安安静静地看、拍照，没有景区惯有的喧闹。我生性安静，喜欢这安静，喜欢这古镇的宁静。只有脚上的皮鞋与脚下的鹅卵石摩擦发出的“吱吱”声，让我恍如走入一片被岁月尘封了千年的云烟中。

这条龙形古街的一个显著特点是九曲迂回，一拐一景，众多的“龙爪”就像攀缘在古街角角落落里的传说和掌故。看似到了尽头，转弯却又是另一古街境地，让人有“山重水复疑无路，柳暗花明又一村”之感。后人考证，古街依据溪流走向修建而成，每段街往北皆有一个埠头。皤滩最繁华时设有十多个地方专埠，比如金华埠、永康埠、丽水埠、缙云埠、云和埠、龙泉埠等，食盐、布匹、陶瓷、药材、山货等物资均在皤滩埠头水陆中转。古街就是为了适应船埠建造的需要，在经历不同时期的发展后形成了九曲形状。

皤滩最炫目的是龙形古街两边的百年老铺，虽然这些建筑的风格因主人来自四面八方而有所不同，但他们严格地遵循着龙形古街“四间一封”的建筑规则，即每过四间店铺商号，就设置一个防火墙作为隔断，既可防火防盗，又起到了统一规划的作用。

这里虽为商业古镇，其文化底蕴却出人意料的深厚。漫步古街，古风扑面，恍如走进唐诗宋词的意境里。这里至今完好保存着唐太宗李世民诏词“霞蔚云蒸”的麻布堆灰匾、清雍正年间张若震的“贻厚堂”匾、清礼部右侍郎齐召南的手迹“洛社名高”匾，还有建于南宋绍兴年间的何氏里宅居里的“大学士”匾与密麻盖壁的“官报”“捷报”等榜文、“爱而亲家风光万古，忠且义祖德著千秋”等楹联，这些珍贵的遗迹无不折射出古镇的文化内涵。

古街近末端，突兀矗立着一个针刺无骨花灯展厅。这花灯号称“中华第一灯”，无骨无梁，全以针刺彩纸裱糊而成，制作精细，构思巧妙，小巧玲珑，里面的灯珠亮后，姹紫嫣红，光彩夺目。关于此灯还有一个传说。传说一秀才进山迷路，仙女提神灯送他回家。秀才回家后仿照神灯制成针刺无骨花灯。自然，此乃无稽之谈，但从一个侧面反映了此灯的美丽神奇。

走出皤滩古街，迎面便是一座玫瑰园。玫瑰虽然不再灿烂，但依然香气袭人，令人陶醉。美艳的玫瑰花，与古街的青砖灰瓦形成了鲜明的对照。历史与现实，传统与现代，凝重与奔放，就这么无缝衔接在一起。

走进皤滩古街，便走进悠久的历史；而走出皤滩古街，却走不出历史的视线。

桐江书院

如果不是来仙居，我真的想不到江南还有保存这么完好的书院。

从皤滩古街出来，走不多远，是一条小河，河面被密密的浮萍和水葫芦所覆盖，河两岸的柳树嫩绿着叶子；跨过小石桥，穿过一片疯长着的野草和其他不知名的植物。突然，右前方的不远处，白墙黑瓦的建筑群，静立在一片开阔的旷野上。我们都不由自主地加快了脚步，向它奔去，心情稍稍有那么一点激动。

这是“三进两抱”的徽派建筑，白色的外墙布满了时光的印记，却保存得相当完好。白墙黑瓦，清淡素雅，外墙形状酷似一把弓箭，饰以龙头鱼尾图案，建筑由正门、鼎山堂、大成殿及东西厢房构成，为清代的建筑物。正门两侧书有一副对联：“文公访道地，殿元受业家。”文公，即宋朝著名理学家、思想家、哲学家朱熹；殿元，指南宋名臣王十朋。这副对联后面藏着一段佳话，容后再述。书院北望永安溪，东临鉴湖，西南有道渊山、眠山、赤山，“三小山峙立其前，状如鼎足”。书院门前右侧，两棵高大的苦槠树，枝繁叶茂。不知道它们在这里站立了多少年，可曾见过当年先生们俊朗的身影，可曾听过当年学子们琅琅的读书声。

院子里没有人影，寂然无声，只有一只蝴蝶和几只蜜蜂追随着我们这群稀有之客，仿佛在殷勤地表达着地主之谊。这里没有先生，也没有学子，空余一堆砖瓦。这砖瓦中浸润了太多的书香，浓得化不开，熏染着每一个虔诚的朝拜者。

江浙一带，素有“耕读传家”的传统。古代仙居，除了官方办学，民间办学风气也很盛。早在南宋，仙居就有桐江书院、上蔡书院、桐林书院、吴芾园、鉴玉堂等八大书院。到了元朝，在朝廷废除科举的情况下，仙居的翁森却辞官回乡创办了“安洲书院”，从学者多达800余人。明清时期，仙居办学之风更盛。清同治年间，仙居全县有八家个人捐资创办的免收学费的书院，号称“八正书院”，为国家培养了一大批栋梁之材。

桐江书院始建于宋乾道年间（1165—1173年），为晚唐诗人方干第八世孙方斫所建。方斫，字宗璞，号子木，又称韦溪先生，宋乾道八年

（1172 年）特科进士。他以方氏族产创办了这座书院，因方干晚年隐居桐庐，为纪念先祖，书院以“桐江”为名。“旁置义田数十亩，以备四方来学膏火之费，一时文人荟萃。”

桐江书院创办后，名闻遐迩，“四方之学士文人，负笈从游者尝踵相接”。书院培养了众多的文人儒士，从书院中走出来的有状元一名，进士二百多名，举人、贡生、秀才更是不胜枚举，方斫居功至伟。郑公鲤特作《韦溪先生祠堂记》记述方斫功德：“在绍兴间，蔚为诸儒领袖，学者尊之，号曰韦溪先生。”“惟先生志益固，守益坚，潜心六经，卓然屹立于众醉独醒中，遂为东南学者表正之师。”

更为可贵的是，方斫以其人格魅力和学术修养，吸引了当时一流的学者朱熹、吴芾、王十朋、陈庸等人前来讲学，对浙东南一带的学术界产生了深刻的影响。朱熹曾多次前往桐江书院拜访、讲学，并遣子从学于桐江书院。清光绪年间的《板桥方氏宗谱》还收录了据传作者为朱熹的《送子入板桥桐江书院勉学诗》：“当年韩愈送阿符，城南灯火秋凉初。我今送郎桐江上，柳条拂水春生鱼。汝若问儒风，云窗雪案深功夫。汝若问农事，晓烟春雨劳耕锄。阿爹望汝耀门间，勉旃勉旃勤读书。”朱熹还手书“桐江书院”“鼎山堂”两匾，其中“鼎山堂”一匾保存至今。从此桐江书院名冠江南，后人称之为“江南第一书院”。

自宋至清，政权不断更迭，桐江书院屡毁屡建，儒学在仙居长盛不衰。元朝皇庆年间，方斫的后人方志道重建桐江书院，以振家声。书院附近的蟹坑岭上有方志道的摩崖石刻诗，字迹刚劲浑厚，楷书阴刻，诗云：“绿林锁雾气潜消，铁骑追风将独豪。端要摅忠期报捷，不须怀古事登高。”清朝同治九年（1870 年），候补县丞方松亭倾其家财，再次在其废墟上重建书院，这就是我们今天所见到的桐江书院。

仙居历史上曾经出现过很多书院，如冲庵书院、安洲书院、义正书院，名气同样大，都曾因为这样那样的原因而遭毁灭，桐江书院也未得幸免，但它却一次次浴火重生。令人叹服的是，1870 年，方家后人们仅仅凭着一块遗瓦的记忆，在书院原址上开始重修，3 年后，重构出一个全新的、完整的书院。这块瓦片由当地农民于锄田时偶然拾得，不管新建的书院是否忠实地恢复了原貌，至少说明方氏后人真诚地看重这个书院、看重祖祖辈辈念念不忘的精神原形和文化衣钵。桐江书院的复活，使方氏家乡又凿开尘封已久的一脉文化源泉。

随着时代的变迁，这个隐于僻静山野的书院，缓缓合上了沉重的木门，在宏大的空寂中遗世独立，成为追思旧时文人的一隅方斋，成为怀念历史人文的古老读物。

桐江书院前有鼎山叠翠，后有鉴湖几亩，东有溪水烟柳，西可登临道渊山，钟灵毓秀。

书院的背后是绵亘不尽的青山，书院前的苦槠树依然蓊郁。这树据说是当年朱熹手植的，那么，也有近千年的历史了。

永安溪

坐在小小的竹筏上，任身体随着竹筏在水面上缓缓漂流。看蓝天碧碧，白云悠悠；看鱼翔浅底，水鸟翔集，任思绪随着白云在天空中舒卷，似乎若有所思，又似乎什么都没有想，把自己彻底放松在这片纯净的水面上，时间仿佛静止……这真是人生的一大快事，可顶半日的尘梦。

过去一直以为，溪水就是又窄又细的小股水流，是我们在山间常见的、山谷里流淌的那种。没想到，仙居的“溪”那么长，长到 141 公里；那么宽，窄处几十米，宽处几百米，可以并排行驶十几艘大船。

这就是永安溪，仙居的母亲河。

永安溪为浙江的八大水系之一——椒江的源头，流域面积 2704 平方公里，自西向东横贯仙居全境，至临海市城西三江村与始丰溪汇合为灵江。在古代，永安溪是仙居及其周边地区人们主要的交通线路，航运十分发达，溪中白帆点点，船只往来如梭，因而有仙居八景之一的“南峰眺艇”一景。随着陆路交通的迅速发展，永安溪已不再承担航运的沉重负荷，回归了它那宛如处子的娴静幽雅，像一道晶莹的白练在仙居大地上舞动，显得格外清丽脱俗。专家们曾高度评价它，“山谷溪流，清澈见底，终年不枯”，其水质达一级饮用水标准。

从1998年开始，仙居人开发了永安溪漂流项目，为奔波劳碌的人们提供了一个放松身心的好去处。现开辟的永安溪漂流段总行程7.68公里，以仙居当地的特制竹筏为工具。乘一叶竹筏顺流而下，或如履平地，或急穿险滩，人们得以远离城市的繁华和喧嚣。碧水、蓝天、远山，让人品味到柔情似水般的逍遥温馨和两岸奇趣横生的田园景色。

竹筏载着我们，轻轻地驶离漂流起点西门。竹筏是两个拼在一起的，载了我们十几个人。竹筏前头高高翘起，便于减轻阻力。一坐上竹筏，置身在清幽的溪流上，我的心情就恬静下来，好像被眼前的溪水过滤过一样，洗脱尘俗。溪水从竹筏的缝隙间透过来，我们在鞋上套上塑料鞋套；有的人干脆脱了鞋，让脚亲近凉津津的溪水。

溪水静流，筏在水中缓缓滑行。船夫偶尔拿竹篙在水中轻轻一点，竹筏便顺流而下。水绿如蓝，碧溪潺潺。清泠泠的溪水，轻轻地抚摸着我的脚板心，凉飕飕，痒酥酥，舒服极了。清风徐来，波光粼粼，碎金万点。两岸风光一路向我眼前扑来，不断变幻着。绵延起伏的山脉，覆盖着蓊蓊郁郁的茂林修竹。不时有垂柳繁花、房屋人家从眼前掠过。长腿的鹭鸶在浅水中觅食，飞过去，又飞回来，白色的身影倒映在清清的水面。有钓鱼爱好者撑着遮阳伞、坐着高脚凳在岸边钓鱼。据说，永安溪物产丰富，除了鱼虾蟹鳖，更奇的是，溪里还有罕见的花鳗鲡。它生在永安溪潭的岩穴中，“非雪不出也”，因其久居暗处，视力退化几近失明，只有雪天才出洞觅食，却难识归路，遂被渔民捕获。我蓦地想起明代文学家张岱的散文名篇《湖心亭看雪》，脑海中浮现出一幅“溪上看雪图”来。看来，要想识得花鳗鲡真面目，还得张岱这样的痴人、雅人不可。

船在水上走，人在画中游。永安溪的山光水色让人沉醉，坐在筏上，伸出手来，白色的云朵似乎伸手可摘；欸乃船声，又让人回到童年时光。在漂流中途，岸边出现了售卖小吃的小摊。众人下得竹筏，涌上岸去，就着炸小鱼小虾，喝口冰镇的啤酒，通体舒泰！

许是山光水色陶醉了大家，有同行者忍不住放声歌唱：

小小竹排江中游，
巍巍青山两岸走。
雄鹰展翅飞，
哪怕风雨骤。
……

这是电影《闪闪的红星》的插曲。此情此景，也许这首歌是最容易被人们想起来的。

受到感染的人们纷纷放开歌喉，一时间歌声此起彼伏。

正在此时，一个略显沙哑又高亢悠扬的声音响起来了，大家马上安静下来，侧耳倾听：

仙居是个好地方来噢，
青山呐绿水呀赛苏杭喽，
清清泉水凉又甜来，
山花四季香喽。

哟～嗬，哟～嗬
哟嗬！

原来是船夫，也许是受到大家的感染，他也放开喉咙唱起了仙居当地的民歌。在大家热烈的掌声、喝彩声的鼓励下，船夫又唱起来：

仙居是个好地方来噢，
青山绿水杨梅红喽，
前山后山都是歌，
永安的溪水长又长，
永安的溪水长又长。

听得出来，这是他现编的歌词，但也赢得了大家开怀的笑声。

这歌声、笑声、掌声、喝彩声，像珍珠一样在水面上弹起又落下，给永安溪上铺满了欢乐。

杨梅酒

在仙居，好客的主人用杨梅酒招待我们。

杨梅酒，色泽红润，香气扑鼻，让人唇齿生津。浅浅抿一口，味醇爽口，润滑纯嫩，没有辛辣刺激感。在口腔稍作停留，徐徐咽下，由咽喉滑进胃中，口齿留香，浑身舒坦。

杨梅酒，是杨梅和白酒的完美结合。当白酒遇上杨梅，便少了几分辛辣，多了几分温柔；当杨梅遇上白酒，便少了几分羞涩，多了几分泼辣。

如果说，白酒是性格火爆的北方大汉的话，那么，杨梅酒就是温柔缠绵的江南女子。她鲜艳诱人的色泽、甘甜绵糯的口感，让你怦然心动，一见钟情。不要说你滴酒不沾，在她面前，几乎没有人能够抗拒得住色与味的诱惑，所有人都心甘情愿地缴械投降，哪怕仅仅是出于好奇。

杨梅酒是江南的产物。

每年夏至前后，江南的梅雨时节，便是杨梅成熟的时候。走进山里，漫山遍野都是鲜红的杨梅，一颗颗杨梅像小灯笼似的挂在树上，在阳光的照耀下，更加鲜艳动人。有人把杨梅比作水果中的绝色佳人，当地老农甚至亲切地称之为“杨梅姑娘”，可见她有着怎样迷人的魅力。

仙居是杨梅的主产地，栽培杨梅已有1000多年历史，三百多年前的杨梅树至今依然“英姿飒爽”，硕果累累。仙居日照充足，土壤有机质含量高，酸碱度适中。独特的土壤环境，特殊的山间盆地地形，适宜杨梅生长。仙居杨梅色美、味甜、果大、核小，大的比乒乓球还要大，而且成熟期早，一般在6月初就可成熟上市。每年这个时候，仙居女子们会上山采杨梅，欢声笑语在山间回荡。

仙居杨梅具有消暑生津、利尿健脾、解渴止咳、增进食欲、促进消化等保健功能。李时珍的《本草纲目》中就有记载，说杨梅具有止渴、调五脏、涤肠胃、除烦愦恶气的功效。因此，夏至时，不少江南人家喜欢以白酒浸泡杨梅，自酿杨梅酒。制作杨梅酒的工序非常简单，但非常严格。人们挑选成熟新鲜、没有破损的杨梅，摘除叶子、果梗，并用清水和高度白酒清洗干净，将其放置在阴凉通风处完全晾干。然后将杨梅和冰糖以层层交叠的方式，即一层杨梅、一层冰糖，放入清洗干净并彻底晾干的广口瓶中，再倒入所有的酒——酒要用清香型或者米香型的白酒，不能用浓香型或者酱香型的酒，因为浓郁的酒味会把杨梅的香味掩盖住——让酒漫过杨梅。最后盖紧盖子密封保存，在阴凉、避光、室温下存放三个月即可享用。这个时候，杨梅酒色泽红艳，闻一闻，一股浓烈的酒香，喝一口，口感绵柔、味道醇厚，杨梅的酸甜中和了白酒的辛辣，使原本烈性的白酒变成了另外一种风味，爽而不淡，有白酒的本味，又有红酒的色泽。如果在酒中加入冰块与蜂蜜，则更加清爽甘甜。酿好的杨梅酒不仅可以喝，也可以作为烹饪用酒，尤其是烹煮鸡鸭、牛肉等腥味大的菜肴时，味道格外好。据考证，早在元朝末期，古人就知道配制杨梅酒，其口感独特，香味浓郁，口味香醇。

“从来佳茗似佳人。”杨梅酒也是酒中佳人，她甜中有辣，香中带烈，需要慢慢品味，细细欣赏。三杯两盏下肚，酒至微醺，似醉未醉，心旷神怡，怡然自得，腹部微热，面色酡红，飘然欲仙，那是最好的感觉、最好的状态，仿佛花将绽放，月将全圆。如果暴殄天物，逼酒闹酒，大口牛饮，唐突佳人，佳人也是有脾气的，会给你点小小的惩罚，让你出点不大不小的洋相。初喝者不知深浅、不识厉害，往往会尽情而饮，兴尽而倒，最终领教了这酒中佳人的厉害。我便亲见我的同伴中有饮酒不当而大出洋相的。

仙居，就像这杨梅酒一样，需要慢慢地品味，慢慢地欣赏，慢慢地享受，在不知不觉中你便沉醉其间。

（2016 年）

秦岭二章

黎坪访秋

十月下旬，北京秋意阑珊，已有点初冬的寒意，而黎坪的秋天却活泼泼的、热辣辣的。

黎坪是陕西一处著名的景区，位于汉中南郑。说来惭愧，在这次去黎坪之前，我竟从来没有听说过这个地方。庄子说："天地有大美而不言。"最美的东西从来都不会张扬，也不需要张扬。天地不言语，它只兀自美丽着；你能否感受到它的美，全凭你的内心。人类自以为是这个地球的主人，其实对我们所处的世界又了解多少？有多少"大美不言"的人间仙境，在地球的某个角落里暗自美丽着而不为人所知？像黎坪这样一个绝美佳境，在大秦岭深处隐藏了千千万万年，直到2009年才正式对外开放，羞答答地对世人露出真容。

凡是初到黎坪者，印象最深的肯定是这里的树。那天傍晚时分，我们的车子刚刚进入山区，车上的同伴就不断发出惊呼："这里的植被真好啊！"的确，放眼望去，山上山下，漫山遍野，密密麻麻的都是树啊！浓浓的秋意把树叶染成五颜六色，除了"层林尽染"，我实在想不出更合适的词来形容。当时天上下着毛毛细雨，远远近近的草木更显娇艳。说句实话，当时我的感觉是震惊，我没想到在北方有这么好的植被。

我们的观感是对的。黎坪人告诉我们，景区雨水多，河流多，气候湿润，植被丰茂，草木葱茏，森林覆盖率高达88.2%，其中原始森林就有64万亩，近3万亩的巴山松占全国巴山松的60%。巴山松是中国特有树种，是国家二级保护植物和濒临灭绝的物种，有极高的科考价值和观赏价值。黎坪的植物品种非常丰富，堪称“植物博物馆”。2012年，黎坪景区聘请西北农林科技大学教授并组织相关技术人员，对景区内植物种类进行了为期一个月的调查，鉴定了88个珍稀树种，并为其定制了铭牌。据调查统计，黎坪景区旅游线路分布有国家级珍稀濒危植物、重点保护植物8种，隶属于8科8属。其中，裸子植物2种，分别为秦岭冷杉、红豆杉；被子植物6种，分别为连香树、水青树、领春木、华榛、金钱槭、水曲柳。

陕西是我所热爱的一个省份，虽然来的机会不多，可是我对她一直心存向往。我热爱的是她厚重的历史文化积淀。西安的古城墙、大小雁塔、碑林，临潼的秦始皇陵、兵马俑，扶风的法门寺，黄陵的黄帝陵，以及地上地下那数也数不清的文物，都令我神往。因为这份热爱，近些年来我连带喜欢上了原本并不十分喜欢的陕西美食。在从咸阳机场去黎坪的路上，在高速公路服务区，我吃了两个肉夹馍、一碟凉皮充饥，那种美味让我至今都忘不了，也因此遭到正宗“吃货”们的鄙视。但我得承认，我对她也一直心存偏见——在我的印象中，陕西干旱缺水，土地贫瘠，黄沙漫天，植被稀疏，自然条件恶劣。所以，当我看到黎坪生态这么好的时候，其惊讶程度可想而知！

虽已深秋，可黎坪却细雨绵绵，仿佛江南的梅雨季节一般。我们在黎坪两天，雨水竟然淅淅沥沥没有停过，山石、树木、花草、农舍全部笼罩在蒙蒙的烟雨中。雨中的山阴道上格外光滑，道路两侧长满了苔藓，连老树树干也被青苔满满地覆盖住了。大片的巴山松林冠整齐，树木参天，遥遥望去林海茫茫，细细嗅来松脂清香。雨水把树叶洗刷得干干净净，红的娇艳似火，绿的青翠欲滴，黄的明灿耀眼。雨水落在路边小沟里，汇成小小溪流，蜿蜿蜒蜒一路流去。河水大都向东流，黎坪溪水却向西流，所以这条小溪得名“西流河”。

水随山得形，山因水而活。纷纷飘飞的雨点、缓缓流淌的溪水、倾泻而下的瀑布，赋予了黎坪的秋天灵动之美。得益于雨水的滋润，黎坪的树木都苍翠茂盛，生机盎然，似乎不知寒冬将至。有的树挺拔而俊秀，有的树婀娜而多姿，色彩斑斓的树叶让我们目不暇接。所有珍稀树种都挂有标志牌，“连香树”“灯台树”“鹅耳枥”“小果南烛”“猫儿屎”“千金榆”“金钱槭”“暖木”“铁木”“铁杉”……这些或俗或雅，或庄或谐，或直白或含蓄，或熟悉或陌生的名字，引起我极大的兴趣。孔子曰：“小子何莫学夫诗？诗，可以兴，可以观，可以群，可以怨。迩之事父，远之事君。多识于鸟兽草木之名。”孔子的本意，是劝弟子学诗，这本身并不奇怪；奇怪的是，他列举的理由之一，竟然是学诗可以“多识于鸟兽草木之名”，而且把“多识于鸟兽草木之名”与“事父”“事君”这样的纲常伦理相提并论，这就有意思了。按我的理解，这体现了孔夫子对大自然的敬畏之情。多识鸟兽草木之名，方能了解自然、亲近自然、尊重自然、爱护自然；同时，在大自然的熏陶和感染下，人的心灵也会变得纯净、丰富而富于美感。大自然是人生最好的课堂，从中我们可以学到很多知识和人生哲理，可惜这一点往往被我们有意无意地忽略了。黎坪的草木如此丰茂，品种如此多样，正是学习自然、了解自然极好的机会。我逐棵仔细阅读着标志牌上的说明文字，并用手机拍下照片存储资料，以致一次次掉队落伍，一次次被同伴催促。

诗人说：“生如夏花之绚烂，死如秋叶之静美。”这首小诗因为饱含人生哲理而深受人们喜爱，然而总不免给人以凄美、惆怅之感。难道秋天就意味着凋落、死亡吗？来到黎坪，我得到了完全相反的答案。黎坪秋叶颜色丰富，碧绿、金黄、橙黄、橘红、深红，交相辉映，形成了绚丽多彩的景观。它们美得热烈，美得绚烂，美得奔放，美得轰轰烈烈、蓬蓬勃勃。秋天本应是沉静的，而黎坪的秋则个性张扬，所有的花草树木都在拼命绽放，所有的生命都在尽情释放。如此旺盛的生命力，哪里有一丝死亡的阴影？

黎坪的秋叶，飘落的姿态也优雅至极。在著名景点红尘峡，我们正在欣赏飞瀑碧潭，忽见一大群蝴蝶自远方飞来，在峡谷间翩翩起舞，优雅动人。深秋时节，哪来的这么多蝴蝶？疑惑间，有眼尖的同伴终于看出，哪里是什么蝴蝶呀，那明明就是落叶。奇特的是，它们并不像普通秋叶一样飘落而下，而是长久地在空中轻舞飞扬，如同蝴蝶振翅起舞一般，尽情展示着它们的美丽，然后才缓缓落在地上、落在水面。五彩缤纷的树叶飘落在大地上，把大地点缀成巨幅画卷；飘荡在清澈的溪水中，溪水变成流动的画卷。落叶，那不是生命的枯萎，而是生命的另一种更灿烂的形态。

自古以来，历代文人咏秋多是悲凉之声。战国时期的宋玉在《九辩》中就发出这样的哀叹："悲哉，秋之为气也！萧瑟兮草木摇落而变衰。"这是一幅凛冽的悲秋图，读后让人心寒。宋代欧阳修在其著名的《秋声赋》里将秋描写得更加凄凉："盖夫秋之为状也：其色惨淡，烟霏云敛；其容清明，天高日晶；其气栗冽，砭人肌骨；其意萧条，山川寂寥。故其为声也，凄凄切切，呼号愤发。"寒来暑往，四季更替，本是自然界的规律；花开不喜，花谢不悲，这才是人生应有的达观与超然。所以，我喜欢王维面对秋天的怡然自得："空山新雨后，天气晚来秋。明月松间照，清泉石上流。"我更欣赏刘禹锡的积极乐观："自古逢秋悲寂寥，我言秋日胜春朝。晴空一鹤排云上，便引诗情到碧霄。"

在黎坪访秋，我收获了满满的喜悦。

龙山探奇

中华龙山是黎坪的一个有名的景观。从到达黎坪那一刻起，我们就不停地听人说起它，说它酷似传说中的巨龙，惟妙惟肖，堪称奇观。对于一切穿凿附会的说法，我都心存疑虑。很多地方都有一些奇形怪状的石头，被冠以各种奇特的名字，说得神乎其神，可是真的看过之后，大多不过尔尔。相对而言，我对山川河流的兴趣，比对奇山怪石的兴趣要大得多。但是，拗不过黎坪人的热情相邀，我们还是去了中华龙山。不管如何，眼见为实嘛。

那天依然下着蒙蒙细雨。我们来到黎坪黄洋河景区，在“中华龙山”标志牌前下了车。抬头仰望，一座大山赫然在目。我们在黎坪所见的山峰，无不布满花草树木，郁郁葱葱，生机盎然；而这座大山，巨石嵯峨，筋骨纵错，大块大块的石头上寸草不生，整个山体岩石呈红褐色，充满阳刚之气，在这青山绿水中显得与众不同，霏霏的雨水也没让它变得滋润柔软一些。

远望龙山，但见其山势伟岸挺拔，山体沟壑纵横，的确像一条条巨龙在空中腾飞。近前观察，有些山石很像龙爪，石头表面是不规则的圆形图案，纹路很深，像极了龙的鳞片。龙鳞瑰丽奇异，龙形飘逸奔腾，仿佛是巨龙在飞舞。据说，从空中俯瞰，整座山如同一架红褐色的龙骨，硕大的骨骼呈现出龙首、龙脊、龙翼、龙爪、龙尾的姿态。称之为“龙山”，倒也恰如其分。

黎坪人告诉我们，在2008年之前，这里还是一座普通的大山。2008年“5·12”汶川大地震后，这座山被震裂开来，显露出由大片红色砂粒岩石构成的特色景观。黎坪景区回龙坝村老村支书毕科荣是中华龙山的第一发现人，他带领村民用4年时间挖出被土掩埋着的龙山，这条蛰伏亿万年的海底巨龙，终于抖落一身的泥土，昂然挺立于天地之间。58岁的毕科荣因此被人们誉为“当代愚公”“当代徐霞客”。

众多的地质学专家多次考察后说，中华龙山形成于四亿多年前的奥陶纪，这些龙鳞石是在海底形成的，由于地壳运动才使其显露出来。在这里，亿万年前的海洋古生物化石随处可见。在高山上呈现出海洋性地貌，这种奇特的地质现象在全国乃至全世界都实属罕见，有极高的科考和观赏价值，有人称之为21世纪人类又一个伟大发现。但中华龙山究竟是如何形成的，还有待深入研究。

至此，我关于龙山的疑问算是解决了，但又没有真正解决。都说龙山像龙，那么龙是什么样子的？谁见过龙？谁能给出权威答案？

迄今为止，我们关于龙的所有认识，关于龙的所有印象，无不出自前人留下的神话传说，以及根据这些传说绘制的图画、制作的电影电视动漫。在这些文艺作品中，龙大致是由鹿角、麒麟的头部、鱼鳞、蛇尾、鹰爪等组成的一种神异动物。我们心目中已形成共识的龙的形象，就是这些文艺作品传达给我们的，并没有一个人真真切切地见过龙。那么，我们说这座山像龙，其实是像我们从各种文艺作品中所看到的虚幻的龙，至于前人是怎么想出那样的形象的，我们不得而知。

在中国，龙可谓家喻户晓，妇孺皆知。学富五车的学者固然能把龙文化说得头头是道，大字不识的农村老太太也能把龙的故事讲得津津有味。上下数千年，龙的形象已渗透中国社会的各个方面，深入中国社会的各个角落，龙的影响涉及中华文化的各个层面。龙成了中国的象征、中华民族的象征、中国文化的象征，到今天，人们仍然多以带有“龙”字的成语或典故来形容生活中的美好事物：凤表龙姿、龙争虎斗、龙盘虎踞、龙韬豹略、龙腾虎跃、笔走龙蛇、藏龙卧虎、风虎云龙、伏龙凤雏、矫若惊龙、骥子龙文、凤翥龙翔、蛟龙得水、龙骧虎步、龙跃凤鸣、龙马精神……这样的成语举不胜举，“龙”也好，“凤”也好，都是尊贵、吉祥、美好的象征。形容一个人杰出，我们称之为“人中之龙”；希望下一代有所成就，我们谓为“望子成龙”。

问题是，龙到底是一种什么生物？中国古代有过龙吗？据说，中国历代正史记载的与龙相关的事件大概有三百多起，其他类型的文献数量更是繁多。可是，这些记载都来自天马行空的传说，没有一处确凿地记载“某年月日某人于某处见过真龙”。最早记载龙的书籍《山海经·海外西经》载：“龙鱼陵居在其北，状如狸，一曰鰕。”据《尔雅》解释：

“鲵之大者谓之鰕。”《说文解字》载：“龙，鳞虫之长，能幽能明，能细能巨，能短能长，春分而登天，秋分而潜渊。”这些文字介绍了龙的形象和特性，可是同样不能证明龙的存在。多年来的考古发现证实了，一万年前山西吉县柿子滩就有了鹿角鱼尾祖龙岩画；八千年前的辽宁阜新查海遗址就有了卵石堆塑亚祖龙；六千三百年前的环渤海湾有猪龙、鹿龙、鹰龙、牛龙……考古发现如此丰富，可没有一件是龙的化石。

因此，长期以来，古生物学家认为，长角的龙是上古先民虚构的形象，只存于神话传说之中。但 1996 年出土于贵州省安顺市关岭县的“新中国龙”化石，对前人的说法又造成了冲击。生活于两亿多年前的“新中国龙”，龙首上有一对对称的“龙角”，与神话中的龙非常相似。这为古代传说中长角的神龙提供了实物佐证，为龙的形象起源研究提供了新的思路。也许，龙形体上有真实或大体真实的上古原型，只是功能被神化了。

不管龙是神话传说，还是曾经真实存在过，有一点是肯定的，那就是至少在几千年中，没有过任何关于真实的龙的记载。就算它真的存在过，那也是几千年几万年甚至几亿年前的事了。可是中国人对龙还是念念不忘，还是津津乐道，甚至自称为“龙的传人”，可见龙文化已经深入人心。其实，时至今日，已经没有人在乎龙是一种真实存在的动物还是虚幻的传说，也没人在乎龙的形象究竟是何模样，人们在乎的是龙的象征意义。龙形象有多重含义，龙文化内涵丰富，几乎每个人都能从中得到自己想要的东西。所以，几千年来，龙一直深受中国人喜爱，始终活在中国人的想象中。

这么一想，我似乎明白了，黎坪人为何要把这么一座奇形怪状的大山，命名为“中华龙山”。

（2016 年）

草原牧歌

牧　歌

汽车行驶在从海拉尔去新巴尔虎右旗的公路上，天空清澈而湛蓝，清如水洗，蓝得透明。六月的阳光毫无遮拦地直直砸在地面。不时有大块大块的云朵在大地上投下巨大的阴影，我们的车就在这阴影和阳光下穿行，时而烈日当头，时而雨点纷纷。放眼望去，前后左右是一望无际的大草原，像一张巨大的地毯向四方展开，直达天际。

时序六月，本该是水草丰美牛羊壮的季节，可是持续六十多天的罕见大旱，把想象中丰茂碧绿的大草原“剃”成了难看的“瘌痢头”。草原上黄绿交杂，时时可见裸露干枯的黄土。偶尔随云彩飘落的雨点，一落地面立刻就被焦渴的土地吸干了。热情的刘大姐不住地解释加叹息：“往年这个时候的草原可好看了，草都长得这么高，绿油油的。本来想请你们来看最好的大草原的，没想到今年赶上这么个大旱，连湿地都干了。唉！”她边说边用手比画，听那语气，倒像是她对不起我们似的。刘大姐生于草原、长在草原，对这片草原爱得深沉，她的所有作品都在为这片草原歌唱，恨不得让全世界的人都爱上她的家乡。这次的草原行就是她出面邀请组织的。大姐已经六十出头了，还那么精力充沛，一早就到海拉尔机场接上我，自己驾车送我到新巴尔虎右旗。一路上，她一边开车，一边给我介绍路上看到的风景，其间还带我去参观了一个牧民救助收养野生草原狼而形成的狼岛，一天下来我竟然毫无倦意。

蒙主人特别关照，我坐在副驾驶座上。这里视野开阔，窗外的景致一览无余。从小生活在人口稠密的南方水乡，后来进入拥挤的大城市，对辽阔的大草原一直特别向往。那种“天苍苍，野茫茫”的雄浑、壮阔，让人的胸怀油然变得无比宽广。我想象不出往年的六月草原是何等茂盛模样，尽管草色枯黄，它的辽远阔大仍然让我感到新奇而着迷。我贪婪地看着广袤无垠的草原，捕捉着远处白云一样的羊群，一闪而过的蒙古包，白色、黄色、红色的无名小花。我看着天上变幻的云彩，遥望着似乎越来越近的地平线……这些新鲜的感受让我兴奋不已，我想起了熟悉的草原歌曲：《草原之夜》《敖包相会》《鸿雁》《美丽的草原我的家》……满腔的激情迫切需要被释放，我恨不得放声高歌，或者，放声长啸。

突然，伴随着悠扬的马头琴声，一个浑厚的男中音传入我的耳中，直抵心间：

蓝蓝的天空上飘着那白云
白云的下面盖着雪白的羊群
羊群好像是斑斑的白银
撒在草原上多么爱煞人

蓝蓝的天空上飘着那白云
白云的下面盖着雪白的羊群
羊群好像是斑斑的白银
撒在草原上多么爱煞人

撒在草原上多么爱煞人

多么爱煞人

哈，难道真的有天人感应吗？长生天也看穿了我的心思？

原来是善解人意的刘大姐打开了车载音响。真不知道她是怎么知道我的心思的！或许是为了给我提神解困？

“这首歌叫什么名字？”

“《牧歌》。巴尔虎最有名的长调歌曲，已经被列入国家级非物质文化遗产。”

巴尔虎

新巴尔虎右旗（简称“新右旗”）是内蒙古自治区 19 个边境旗（市）和 33 个牧业旗之一，位于祖国东北边陲，呼伦贝尔市西部中俄蒙三国交界处，有“鸡鸣三国”的说法。

我向来对地名怀有浓厚的兴趣，每到一地，必定先查一查当地地名的来历。所有的地名，都由来有自，承载着厚重的历史文化，而不仅仅只是一个简单的标记。比如，我的家乡如皋，每当我向别人介绍它时，常常有人说：“哦，牛皋的‘皋’。”我一听便对其嗤之以鼻，尤其是当他把“皋”字读成三声的时候。他们肯定是从刘兰芳的评书《岳飞传》中知道“皋”这个字的。“如皋”之名出自《左传》：“昔贾大夫恶，娶妻而美，三年不言不笑，御以如皋，射雉，获之，其妻始笑而言。”这个故事说的是，从前有个贾大夫自己长得很丑，娶的妻子却有倾国之色，妻子心情郁闷，婚后三年“不言不笑”。为了讨她欢心，贾大夫驾车带她来到水边高地上狩猎。这时芦苇丛中飞起一群野鸡，贾大夫拔弓放箭，一只野鸡应声而落，他的妻子终于莞尔一笑，曼声叫好。《十三经注疏》解释道："是皋为泽也，如，往也，为妻御车以往泽也。"皋，水边高地也。西晋潘岳、唐代杜甫、北宋苏轼等都曾以此为题材吟诗作赋。

民族地区的地名尤其令我感兴趣。因为它们不像汉族地名，多数能从字面上推测其大意。民族地区的地名往往是从本民族语言音译过来的，那一长串文字中蕴含着十分丰富的意义，非本族人很难从字面上理解其中的含义，所以民族地区的地名往往给人以某种神秘感。即像这"新巴尔虎右旗"，是什么意思呢？"巴尔虎"又是什么虎？

当地的朋友仿佛知道我们的心思似的，首先带我们去参观了当地的博物馆，而博物馆居然也是以"巴尔虎"命名的——巴尔虎博物馆。

原来，巴尔虎是蒙古族最古老的一个部落的名称。公元前 3 世纪，贝加尔湖以南，土兀剌河以北，形成了丁零部落联合体，拔野古（即今之巴尔虎）即为联合体中成员。之后，历经匈奴、柔然、突厥、铁勒、回鹘等政权的更迭，古巴尔虎人始终在贝加尔湖和呼伦贝尔地区生息和发展，表现出强大的民族凝聚力和顽强的生命力。

早在蒙古各部统一之前，巴尔虎的各种古称就已屡见经传了。《隋书》称之为"拔野固"，《新唐书》和《旧唐书》等称之为"拔野古"和"拔也古"等。《元史》《蒙古秘史》和《史集》等，称之为"八儿浑""八儿忽"和"巴尔忽惕"等。巴尔虎在明代及北元时被称为"巴尔户""巴尔古""巴儿勿""把儿护""巴尔郭"等。在清初的各种汉文史料中，亦曾被称为"巴儿呼""巴尔忽"等。自 1734 年成立"新巴尔虎八旗"以来，"巴尔虎"一词才作为一个规范性的固定称呼延续下来。

当地的朋友告诉我们，"巴尔虎"一名的来源有两种说法。一说以水得名，源于古老巴尔虎人所在地区的巴尔古津河（元称巴尔忽真水）。《多桑蒙古史》言："在拜哈勒湖（今贝加尔湖）之东，因有巴尔忽真水注入此湖，故以名其地。”另一说以人得名，源于巴尔虎人共同的祖先巴尔虎代巴特尔（又作“巴尔虎岱巴特尔”）。巴特尔是古代蒙古社会的一种尊称，意为“英雄”。巴尔虎代巴特尔是一个了不起的民族英雄，他娶了白天鹅变成的绝色少女为妻，生育了11个男孩，这些男孩的后代繁衍成巴尔虎最初的11个姓氏。他的后人以他为骄傲，并逐渐将他的名字演变为全部落的名称。在陈巴尔虎广场，矗立着巴尔虎代巴特尔的巨型雕塑。他骑着高头大马，睥睨天下，气宇轩昂，浑身洋溢着一种无与伦比的英雄气概。后来，巴尔虎蒙古人随着不断迁徙，分散到贝加尔湖的东部和南部。清康熙年间，有一部分巴尔虎蒙古人被编入“八旗”，驻牧在大兴安岭以东布特哈广大地区，还有一部分成为喀尔喀蒙古（今蒙古）诸部的属部。1732年，清政府为了加强呼伦贝尔地区的防守，将包括索伦（今鄂温克，还包括达斡尔、鄂伦春族）和巴尔虎蒙古族士兵及家属3796人迁驻呼伦贝尔牧区，以防俄人侵扰。其中275名巴尔虎蒙古人便驻牧在今陈巴尔虎旗境内。1734年，清政府又将在喀尔喀蒙古车臣汗部自愿加入“八旗”的2400多名巴尔虎蒙古人迁驻克鲁伦河下游和呼伦湖两岸，即今新巴尔虎左右两旗境内。为区别这两部分巴尔虎蒙古人，便称1732年从布特哈地区迁来的为“陈巴尔虎”，即“先来的巴尔虎蒙古人”之意；1734年从喀尔喀蒙古车臣汗部迁来的则被称为“新巴尔虎”，即“新来的巴尔虎蒙古人”之意。

世代生活在贝加尔湖畔的巴尔虎人，当时被称为“林中百姓”。历史上巴尔虎人曾几次走出过贝加尔湖林间草地，来到过水草丰美的呼伦贝尔草原。

在巴尔虎博物馆门前正前方，矗立着一代天骄成吉思汗的青铜雕像。成吉思汗与呼伦贝尔有着不解之缘。他的母亲和妻子都出生在弘吉剌部（新巴尔虎右旗），而且早在13世纪初，他就把以呼伦湖为中心的巴尔虎草原当作自己的军事基地。他在这里统一了蒙古诸多部落，著名的战争“阔亦田之战”也是在呼伦贝尔大草原发生的。在呼伦湖北岸，有一个高大的石柱，当地人称之为“成吉思汗拴马桩”。传说，成吉思汗当年正是躲在石柱背后，逃过了敌人的追杀。又说当年成吉思汗在这里训练他的骑兵时，曾将自己心爱的八匹骏马拴在这石柱上，故称之为“成吉思汗拴马桩”。巴尔虎草原为成吉思汗提供了大量战马、牛羊及无数赳赳骑士，壮大了他的军事力量，为日后的攻金灭夏和元朝的建立奠定了基础。

巴尔虎人素有热爱自己祖国和家园的传统。数百年来，巴尔虎人自觉地承担起为祖国戍边的使命。17 世纪中叶，沙俄帝国开始了对中国的侵略。为有效抵御沙俄侵略军，清政府从自愿加入清“八旗”的新巴尔虎人和喀尔喀蒙古车臣汗部迁来的近 3000 人中，选出 2400 人，按索伦兵役制编为两翼八旗，新巴尔虎右旗驻牧在贝加尔湖北岸、乌尔逊河和呼伦湖西岸及克鲁伦河下游两岸。在长达 150 多年的时间里，呼伦贝尔军民同侵略者展开殊死搏斗，书写了气壮山河的壮丽篇章。在这里，我还听说了一个感人至深的真实故事。那是在清代，新巴尔虎右旗一位部族老头领，为了北部边境的安全，一直带领新巴尔虎同胞坚守在一线边境线阵地上。他英勇戍边的行为激怒了沙俄侵略军。一天深夜，沙俄侵略军偷袭我国边境，丧心病狂地杀害了这位老头领全家。侵略军的暴行、老头领的牺牲激起了新巴尔虎人的怒火，他们在极其艰苦的条件下坚持抗击沙俄，为捍卫祖国北部边疆领土主权作出了突出贡献。

了解巴尔虎历史，使我对英勇的巴尔虎人不由心生敬意。

牧　场

站在乌斯日乐图家的蒙古包前的时候，我有点发愣。

乌斯日乐图是一位帅气而敦实的 80 后蒙古族小伙子。乌斯日乐图家庭牧场位于呼伦贝尔大草原深处，放眼望去，目力所及范围内再无其他人家。打听之下，我惊讶地得知，他家的牧场占地面积竟有两万多亩，习惯了“一亩三分地”这个说法，我无法想象两万多亩是一个什么概念。同样不可想象的是，住在这样辽阔的大草原上，就意味着没有邻居。没有邻居，与人的交往就少了，所以他们都很孤独，也因此他们对所有的来宾都很热情，往往用最高礼仪、最丰盛的食物招待远道而来的客人。他们的邻居，是天，是地，是牛，是马，是羊，甚至是飞禽走兽。他们与天、与地、与动物植物为伴，所以，他们孤独，但并不寂寞。

因为干旱，牧场的草同样稀疏枯黄。不过我们发现了另外的乐趣：捡玛瑙。据说，这里号称玛瑙滩，草地上遍布宝石，外地游客到这里来都不会空手而归。果然，我们一下车就发现，地面上到处都是各式各样、五颜六色的小石子。不管它是不是玛瑙，我们一个个都低头弯腰捡拾起来。大家捡得那样认真，好像真的发现了宝贝似的，以至于刘大姐一遍遍催促：“大家快走啊，好玩的还在前面呢。”

所谓“好玩的”，是体验纯正的内蒙古草原牧人生活。乌斯日乐图带着我们，剪羊毛，挤牛奶，熬奶茶，拿着奶瓶给小羊羔喂奶，坐着勒勒车在草原兜风。刚刚剪完毛的这头羊，马上就要成为我们的美食。乌斯日乐图向大家现场展示蒙古式杀羊过程。我心软，不忍看，便走到一旁去看马。我一向喜欢马，喜欢马的俊逸潇洒。马很英俊，看我来了，都冲我点头“微笑”。当地的朋友告诉我，那不是笑，那是马儿在散热和驱赶蚊蝇呢。

乌斯日乐图出生在新右旗达赉苏木巴彦布拉格嘎查。因为家里养马，所以他对马的喜爱超过其他任何一种动物。2014 年，他在自己的牧点上开办了“双骏牧户游”，开始了他的创业之路。牛、马、绵羊、山羊和骆驼被总称为“草原五畜”，也被牧民亲切地称为“草原五宝”。

乌斯日乐图家庭牧场就是一个牧有“草原五宝”的家庭式牧场。在这里，外地游客可以体验纯正的内蒙古草原牧人的生活，如挤牛奶熬奶茶、骑马放牛羊、吃手扒肉喝马奶酒、去玛瑙滩上淘宝石、剪羊毛采韭菜花、围着篝火跳蒙古舞、躺在草地上数星星，做一天“自由自在的内蒙古人”。

乌斯日乐图是一个热心人。通过开办家庭牧场，他招聘嘎查（村）里没有工作的牧民到旅游点来就业，为牧民群众带来了稳定的收入，带领嘎查牧民创业致富，还经常帮助贫困牧户，增强了嘎查整体经济实力。如今他通过互联网，拓展销路和宣传渠道，将马奶和羊肉远销到北京、天津等地。而这仅仅是新右旗人的一个缩影。

大块吃肉、大碗喝酒的豪爽往往使人激情澎湃。主人恭敬地端着酒杯给每一位尊敬的来宾敬酒，有人提议让乌斯日乐图给大伙唱一首歌，小伙子落落大方，张口就唱：

蓝蓝的天空上飘着那白云
白云的下面盖着雪白的羊群
羊群好像是斑斑的白银
撒在草原上多么爱煞人

蓝蓝的天空上飘着那白云
白云的下面盖着雪白的羊群
羊群好像是斑斑的白银
撒在草原上多么爱煞人
撒在草原上多么爱煞人
多么爱煞人

又是《牧歌》！这是我来呼伦贝尔后第二次听到《牧歌》了。没有专业歌手的演唱技巧，没有乐器的伴奏，没有专业的音响设备，纯天然，原生态，歌声粗粝而苍凉，悠扬而高亢，像从天空直降而下，穿透心灵。歌声中，有自由奔放的灵魂，有沉郁饱满的爱恋，有无法言说的自豪，也有宽广无言的悲怆。这首歌的背后，到底有着怎样美丽的传说?

传 说

茫茫的大草原，从来不缺传说和故事。《牧歌》就来源于一个美丽而凄婉的故事。

故事发生在一个世纪以前的巴尔虎草原。

在新巴尔虎右旗呼伦湖西北有一个大盆地，盆地中有两处碱泡子，一处是乌胡尔图碱泡子，另一处是辉腾碱泡子。成吉思汗统一蒙古的第一仗“阔亦田之战”就是在这一带打响的。20 世纪 20 年代，新巴尔虎人在这里从事着畜牧业生产，他们过着幸福安静的生活。有一对青年男女额尔德尼朝克图和乌日娜经常在一起放牧，他们在放牧时相互认识、相互了解，畅谈理想和未来。可是就在这时，额尔德尼朝克图接到政府命令，要到海拉尔衙门去当兵。临别之际，乌日娜说道:“去吧，这正是你实现理想、报效祖国的时候。我会在远方为你祝福的。”就这样，额尔德尼朝克图骑着马来到海拉尔安邦城，成为了一名军人。一晃几年过去了，服役期已经结束，额尔德尼朝克图和他的同伴回到了自己的家乡。

额尔德尼朝克图高高兴兴地回到家后，亲朋好友都来看望他，唯独不见乌日娜。他感到非常奇怪：大家是否有什么事瞒着他呢？在他的追问下，有人告诉他，乌日娜家乡发生了一场火灾，不少人都遇难了，乌日娜全家也未能幸免。闻听此言，额尔德尼朝克图昏倒在地，醒来后就骑着马向乌日娜家奔去。

昔日美丽的草原上一片灰烬，烧毁的人畜残骸已难以分辨。额尔德尼朝克图一边喊一边寻找着，他想乌日娜一定还活着。他在草原上寻找了七天七夜，找遍了大火烧过的每一处。终于，他在一堆残骸旁，找到一枚戒指，顺着找下去又找到了两只耳环。额尔德尼朝克图看到他送给乌日娜的戒指和耳环，才确信自己的心上人已被烧死，心中美好的愿望化作了泡影。他悲痛欲绝，痛苦的哭声响彻了整个草原。

怀着满腔的悲痛，额尔德尼朝克图拿起笔，写下世纪之作《乌胡尔图辉腾》，即闻名中外的世界名曲《牧歌》。凭借着一代又一代牧人的传唱，它在广袤的巴尔虎草原流传至今。

在漫长的历史长河中，巴尔虎人创造了大量具有浓郁民族韵味的民歌，其中，巴尔虎长调民歌是一种具有鲜明游牧文化和地域文化特征的独特音乐体裁，它以草原人特有的语言述说着蒙古族对历史文化、人文习俗、道德、哲学和艺术的感悟。据考证，在蒙古族形成时期长调民歌就已存在，距今已有上千年的历史。《辽阔的草原》《褐色的雄鹰》《四岁的海骝马》《乌胡尔图辉腾》等巴尔虎民歌，以其悠长的旋律，丰富的诺古拉（指蒙古长调中发音器官发出的波折音），给人们留下了深刻的印象。

来到呼伦贝尔大草原，我终于明白，为什么少数民族同胞的音域那么深厚宽广，为什么他们的民歌那么悠扬嘹亮，为什么他们的歌声中满含苍凉。因为他们是唱给天听的，不高亢就无法上达天庭；他们是唱给地听的，不悠扬就无法传播四方；他们是唱给自己的心灵听的，歌声中写满了悠久、峥嵘、悲怆的历史。

心中的牧歌

在新右旗，我们参观博物馆，体验牧户生活，走访边防哨所，感受少数民族风情。我们看到了草原儿女为幸福生活而辛勤劳作，看到了边防部队保卫祖国边疆的昂扬斗志，也看到了当地百姓对草原、对天地、对万物的敬畏和爱惜。这一切都让我们兴奋、感动。同时，枯黄稀疏的大草原也令人遗憾、惋惜、痛心。终于，我明白刘大姐为何如此自责了。草原的沙化、退化，看似是老天爷的缘故，实则还是人类自身的行为造成的。过度开垦，过度开发，过度开采，过度索取，急功近利、竭泽而渔的短期行为，严重破坏了生态平衡。地下水位急剧下降，地表水减少，河流、湿地干涸，导致持久的、大面积的干旱增多。水是生命之源，人类离不开水，大自然离不开水。没有水的滋养，大草原怎能不枯萎憔悴?

在新右旗，我们欣赏了根据《牧歌》改编拍摄的电影《乌胡尔图辉腾》。撇开剧情不说，光是影片中的草原美景就给我留下了深刻的印象。那满目青青翠翠的绿啊，饱含着鲜嫩欲滴的浆汁，仿佛给大地披上了一层绿茸茸的地毯。在这块巨大的“地毯”上，万物和谐有序。五颜六色的野花在和煦的春风吹拂下轻轻摇曳，清澈的湖水宛如一颗颗明珠镶嵌在茫茫草原上，成群的牛羊安安静静地啃食着肥美多汁的鲜嫩青草，小伙姑娘的歌声在草原上回荡……蒙古包里升起的袅袅炊烟，则为这绿色的草原平添了一份恬淡的气息……这是一幅多么和谐恬美的画面啊，如梦如幻，仿佛人间仙境、人间天堂，令人如痴如醉、无限向往。

人与自然应该和谐相处。这一观点已被越来越多的人所接受。如何和谐相处？古人早已给我们指出了正确的方法：“至人无为，大圣不作。”四时有明法，万物有成理，敬畏自然、尊重自然，让“万类霜天竞自由”就是最好的保护。数千年来，人类与大自然诗意地共存。大草原在天地之间，沐浴着阳光雨露，遵循着自然规律，依时而荣，依时而枯，养育着万物，也养育着人类。是人类的贪念，使大草原过早憔悴、衰老。

好在，草原人已经认识到这一点，杀鸡取卵式的开发已被叫停，恢复草原生态的各种措施已在实施。我们期盼，我们热爱的呼伦贝尔大草原，早日重现往日的美丽容颜。

蓝蓝的天空上飘着那白云
白云的下面盖着雪白的羊群
羊群好像是斑斑的白银
撒在草原上多么爱煞人

（2017 年）

大 敦 煌

一

从兰州出发，沿河西走廊一路西行，过武威、张掖、嘉峪关，最后到达敦煌，凡一千一百余公里。七十余年前，当莫高窟的第一代保护者常书鸿与他的同伴们奔赴敦煌时，他们乘坐的是一辆破旧的敞篷卡车，在破烂不堪的公路上整整颠簸了一个月，才到达甘肃安西。从安西到敦煌的一百二十多公里路程，连破旧的公路也没有了，他们租了十头骆驼，在一望无际的戈壁滩上走了三天三夜，才终于到达敦煌。而现在，现代化的高速公路缩短了时间与空间。我们坐着舒适的大巴，虽然走走停停，沿途走马观花，但也只用了两天一夜就到了目的地。其间，我们在武威、嘉峪关短暂停留，走马观花般地看了看雷台汉墓和明代长城；在张掖则歇了一宿，夜晚对着穹庐般笼罩四野的天空、明晃晃的月亮和一天繁星赞叹不已。

敦煌是我们这趟旅行的终点，也是此行的重点。一路西北风光，沧桑雄浑，美不胜收，而敦煌的美则达到顶点。仿佛一条缀满了珍贵的珠宝飘逸的丝绸，敦煌无疑是其中最大最亮的一枚；仿佛一首恢宏的交响乐，前面所有的名胜都是序曲，是铺垫，敦煌才是最激动人心的终曲；

仿佛一部厚重的大书，前面的名胜是序言、是引子，敦煌才是博大精深的正文。这一路的风景，仿佛只是为了衬托和烘托敦煌，如众星拱月一般。

敦煌，一座总人口只有十四万的蕞尔小城，就敢取这么一个大气磅礴的名字，让人不得不佩服她的气魄。我查找史书，发现“敦煌”一词，最早见于《史记·大宛列传》。张骞在给汉武帝的报告中说，“始月氏居敦煌、祁连间，及为匈奴所败，乃远去”。公元前111年，汉朝正式设敦煌郡。东汉应邵注《汉书》曰：“敦，大也；煌，盛也。”唐朝李吉甫编的《元和郡县图志》进一步阐述道：“敦，大也。以其广开西域，故以盛名。”尽管现代大多数学者都说，“敦煌”一词是当地少数民族语言的汉语音译，但是敦煌人宁愿相信古人的解释。我也信，敦煌当得起这样大气的名字，她有这样的气魄，也有这样的自信。就是这块土地，曾经是丝绸之路河西道、羌中道（青海道）、西域南北道交汇处的边关要塞，是丝绸之路上的璀璨明珠，连接起汉唐盛世与西亚文明，手挽着长安城与波斯湾，见证了无尽的繁华与沧桑。在汉代，当时的敦煌疆域辽阔，统管六县，西至龙勒阳关，东到渊泉（今玉门市以西），北达伊吾（今哈密市），南连西羌（今青海柴达木），被誉为“华戎所交一都会”。唐朝时敦煌进入历史兴盛时期。现在，敦煌虽然没有了当年的显赫地位，规模也大大缩小，然而，历经汉风唐雨的洗礼，敦煌依然文化灿烂，古迹遍布，其独特价值和迷人魅力非但没有遭到削弱，反而与日俱增，吸引着越来越多的国内外游客。

这是我第二次来敦煌。二十年前，我曾经来过一次敦煌。虽然时间仓促，我只能浮光掠影、惊鸿一瞥，却觉得她惊艳无比，被她的美深深震撼。这么多年来，我一直盼望有机会重访敦煌，再次献上我的敬意。现在，这一心愿终于实现了。在读书人心目中，敦煌是一个必须朝拜的圣地。不止一次。

二

敦煌地处甘肃、青海、新疆三省（区）交汇点，东峙峰岩突兀的三危山，南枕气势雄伟的祁连山，西接浩瀚无垠的塔克拉玛干大沙漠，北靠嶙峋崎岖的北塞山，天生就具有一种万邦来朝的威仪。

敦煌在春秋时被称为“瓜州”，它是高山、戈壁和沙漠环抱中的一块小绿洲。在这个群山环抱的天然小盆地中，清清的党河水滋润着肥田沃土，绿树浓荫挡住了黑风黄沙；粮棉旱涝保收，瓜果四季飘香……在它的周围，沙漠奇观神秘莫测，戈壁幻海光怪陆离。这里遍布名胜古迹：有被誉为“塞外风光之一绝”的鸣沙山，有“沙漠第一泉”之称的月牙泉，有我国保存最完好的古代军事防御系统和农田水利灌溉系统的锁阳城，有敦煌文明历史的发源地三危山，有因地形奇异而有魔鬼城之称的雅丹地貌，当然还有著名的嘉峪关、玉门关、阳关……

到达敦煌，暮色四合。来不及掸去一路的风尘，我们直奔著名的沙州夜市。沙州夜市是敦煌最大的夜市，它以鲜明的地方特色和浓郁的民俗风情，被誉为敦煌“夜景图”和“风景画”。现在是九月，正是敦煌的旅游旺季，沙州夜市游人如织。吃一口特色小吃，喝一口冰镇啤酒，仰望星空，神清气爽。深秋的敦煌显得格外清朗，夜晚的天空格外高蓝，明月洒下一地清辉。我从来没有见过这样晶亮的满天繁星，好像所有的星星都集中到这片天空了。敦煌市不大，但建设有序、干净整洁、规划整齐。汉唐的建筑，街头的飞天雕塑，满墙风动的壁画，让人怀疑身在历史与梦幻之中。这里没有林立的高楼大厦，没有现代的立交桥，但是它有历史的厚重，它有“葡萄美酒夜光杯”的精致。

一夜小雪后，鸣沙山披上了一层洁白的轻纱，空气像水洗过一样清爽。我登上山顶，举目四望，那一道道沙峰如奔涌的波浪，气势磅礴，汹涌澎湃。山坡上的沙浪，如荡漾的涟漪，跌宕有致，妙趣横生。微风吹来，扑人心怀，爽人心肺，心胸顿觉空明。下山最为有趣，顺坡而下，只觉两肋生风，软软的流沙让人犹如腾云驾雾，飘飘欲仙。

鸣沙山的沙粒有红、黄、绿、黑、白五色，当地人称它为“五色神沙山”。阳光下的鸣沙山，如大海中的波涛，奔涌起伏，甚为壮观。登临此山，听到山与泉的同振共鸣，犹如钟鼓管弦齐奏，惊心动魄。《后汉书·郡国志》引东晋《襄阳耆旧记》云：“敦煌‘山有鸣沙之异，水有悬泉之神’。”《旧唐书·地理志》载，鸣沙山“天气晴朗时，沙鸣闻于城内”。

关于鸣沙山名字的来历，有一个传说。相传，古时候有一位将军，在此打了败仗，全军覆没，积尸数万，忽狂风四起，飞沙走石，天昏地暗，伸手不见五指。一夜之间，吹沙覆盖成丘，后沙丘内时有鼓角声相闻，人们就称其为鸣沙山了。因其绵亘横卧，宛若游龙，形如龙身，又称其为“白龙堆”。

被誉为“天下沙漠第一泉”的月牙泉，千百年来不为流沙而淹没，不因干旱而枯竭，茫茫大漠中有此一泉，在满目苍凉中有此一景，足见造化之神奇，真令人心醉神迷。月牙泉有版本众多的美丽传说，听导游说，月光下的月牙泉更美丽。最好在农历十五月圆之夜时来，且露宿在鸣沙山才可以亲历那梦幻仙境般的意境。

三

来敦煌不能不去瞻仰莫高窟。是的，是瞻仰，不是参观。

瞻仰莫高窟是敦煌之旅的压轴大戏。

莫高窟，俗称千佛洞，坐落在敦煌城东南 25 公里的鸣沙山东麓的崖壁上。它始建于十六国的前秦时期，历经十六国、北朝、隋、唐、五代、西夏、元等历代的兴建，形成巨大的规模，有洞窟735个，壁画4.5万余平方米，泥质彩塑3000余尊，是世界上现存规模最大、内容最丰富的佛教艺术圣地。

进入莫高窟，我的心情变得特别肃穆，仿佛虔诚的信徒进入神圣的殿堂一般。1600多年的开凿与修复，彩塑、壁画、飞天，集佛家思想和天马行空的艺术于一身，静下心来，仿佛还能听到风中飘荡着1600年前的斧凿声。

洞窟门一打开，历史的味道迎面而来，栩栩如生的泥塑和壁画好像带你走进了历史，走入了千年前。你可以看见千年前的画工巧匠们一点一点描绘、上色。可是那些泥塑的残破又告诉你时光已逝、光阴变化的事实。那些佛像用着千年不变的平静面对着你，微微上扬的嘴角述说着乐观豁达。其实他们面对的不只是你，还有千年的历史、盗宝的强盗、谦卑祈福的平民。他们只是豁达平静地看着。直到今天，他们迎来一批又一批特殊的或者普通的客人，来研究或者观摩这些历史遗留的艺术珍品。

在我们参观的十来个洞窟中，最使我赞叹的是莫高窟第一大佛，他是唐朝时期制造的，造型宏大，体态丰满，面容雕刻十分精巧。他的手制作得更是惟妙惟肖，特别是自然放置在腿上的左手，被称为“天下第一美手”。在这座大佛的脚下，有两个进出的洞，人们可以由此钻过佛像的两只脚，据说古人正是用这种钻佛脚的方法祈求平安的。这座大佛脖子上有三道肉环，手有四节，这栩栩如生的造型充分体现了佛的特点。更让人惊叹的是，这座巨大的佛像是一座完全从石壁上凿出来的坐佛，令人不得不佩服古人的智慧。

敦煌文化源远流长，博大精深。公元前111年，汉朝正式设立敦煌郡。为防御匈奴侵扰，汉廷从令居（今永登）经敦煌直至盐泽（今罗布泊）修筑了长城和烽燧，并设置了阳关、玉门关，敦煌成为中原通往西域的门户和边防军事重镇。汉廷对敦煌的战略地位极为重视，汉武帝几次从内地移民于此，带来了内地先进的生产技术和文化，使敦煌逐渐发展成为繁荣的农业区和粮食生产基地。通过修筑长城和烽燧，敦煌与酒泉、张掖、武威连成一线，对内保卫着陇右地区的安全，对外有力地支持了汉王朝打击匈奴、经营西域的一系列军事活动，并逐渐发展成为中原王朝统辖西域的军政中心。三国时期，魏文帝曹丕即位以后，派兵消灭了河西的割据势力，继续推行西汉以来的屯田戍边政策，保护来往商人，使敦煌成为丝绸之路上的重要商业城市和粮食基地。

汉代丝绸之路自长安出发，经过河西走廊到达敦煌，出玉门关和阳关，沿昆仑山北麓和天山南麓，分为南北两条道路。南线从敦煌出发，经过楼兰，越过葱岭而到安息，西至大秦（古罗马）；北线由敦煌经高昌、龟兹、越葱岭而至大宛。汉唐之际，又沿天山北麓开辟一条新路，由敦煌经哈密、巴里坤湖，越伊犁河，而至拂菻国（东罗马帝国）。自汉至宋，丝绸之路是通往西方的交通要道，敦煌也由此成为丝绸之路上的一颗璀璨明珠。

沿着丝绸之路，中国的丝绸及先进技术不断向西传播到中亚、西亚甚至欧洲，而来自西方的物产亦传播至中原地区。丝绸之路上，各国使臣、将士、商贾、僧侣络绎不绝，敦煌成为“咽喉锁钥”，据丝绸之路之要冲，成为中西方贸易的中心和中转站。西域胡商与中原商客在此云集，从事中原丝绸和瓷器、西域珍宝、北方驼马与当地粮食的交易。

与此同时，中原文化、佛教文化、西亚和中亚文化不断传播到敦煌，中西不同的文化在这里汇聚、碰撞、交融，使得敦煌成为“华戎所交一都会”，人文荟萃，文化灿烂，这些繁荣的景象在莫高窟第 296 窟窟顶的壁画上有着生动的记载。

莫高窟是敦煌文化的集大成者，堪称“明珠上的明珠”。

前秦建元二年（366 年），僧人乐尊途经敦煌附近的鸣沙山，忽见金光闪耀，如现万佛，于是便在岩壁上开凿了第一个洞窟。此后历经北朝、隋、唐、五代、西夏、元等朝代修凿造像，蔚为奇观，人称“千佛洞”。隋唐时期，随着丝绸之路的繁荣，莫高窟更是兴盛。隋存在的38年，在莫高窟开窟70个，规模宏大，壁画和彩塑技艺精湛，同时并存着南北两种截然不同的艺术风格。唐代的敦煌同全国一样，经济文化高度繁荣，佛教兴盛。莫高窟开窟数量多达200余窟，壁画和塑像都达到异常高的艺术水平。安史之乱后，敦煌先后由吐蕃和归义军占领，但造像活动未受太大影响。西夏统治者崇信佛教，不排斥汉文化，敦煌在文化艺术方面取得了长足的发展。据统计，在宋、西夏时期，共开凿洞窟100余个。至今，莫高窟和榆林窟保存着大量丰富而独特的西夏佛教艺术作品。“敦煌遗书”中即有西夏统治时期的文献，封藏于莫高窟第17窟内。元朝以后，随着丝绸之路的没落，莫高窟也停止了兴建并逐渐湮没，直至清末被重新发现而为世人所知，甚至形成了一门专门研究敦煌莫高窟藏经洞典籍和敦煌艺术的学科——敦煌学。1987年，莫高窟被列入《世界遗产名录》。

四

敦煌者，吾国学术之伤心史也。

——陈寅恪

走进敦煌研究院大门，一块条石上镌刻着的大字格外醒目，也格外锥心。

如果不是因为一次意外的发现，也许莫高窟现在还静静地沉睡在沙漠的怀中；或者，她在合适的时间被合适的人发现，也许能够受到更好的保护。

可惜，历史不能假设。

1900 年（一说 1899 年），敦煌莫高窟下寺道士王圆箓在清理积沙时，无意中发现了藏经洞，并挖出了公元四世纪至十一世纪的佛教经卷、社会文书、刺绣、绢画、法器等文物五万余件……

王道士在无意中发现了一段历史，从此敦煌不再平静，从此敦煌在被掠夺、被肢解中走向世界，从此无数的学者为她皓首穷经，从此世界上产生了敦煌学。

在前人留下的各种文献中，我们痛心地看到了敦煌文物被掠夺的历史：

1907 年、1914 年，英国的斯坦因两次掠走经书、文物一万多件。

1908 年，法国人伯希和从藏经洞中拣选文书中的精品，掠走五六千件。

然后是日本人橘瑞超和吉川小一郎，掠走约 600 件经卷；俄国人奥登堡拿走一批经卷写本，并盗走第 263 窟的壁画；美国人华尔纳用特制的化学胶液，黏揭盗走莫高窟壁画 26 块……

如今，一些人把敦煌劫难的账算在王道士头上，指责他为敦煌的罪人。把一场民族文化灾难的责任算在一个小人物的头上，这是何等不公平！事实上，王道士曾经为保护敦煌文物而努力奔走呼号过，可是没有得到任何响应；他人微言轻、势单力薄，怎么支撑得起将倾的大厦？

面对敦煌遭遇的重重劫难，中国的知识分子拍案而起，义无反顾地站了出来，掀起了一场敦煌大抢救运动：

最先站出来的，是著名金石考古专家罗振玉。当他得知一批珍贵的敦煌文物沦落入法国人伯希和之手后，当即报告学部，要求即刻发令保护藏经洞遗书。同时，他还公开发表了《敦煌石室书目及其发现之原始》《莫高窟石室秘录》，首次向国人公布了地处边远的敦煌无比重大的发现，以及痛失国宝的真实状况。

紧接着，一批著名学者，包括郑振铎、王国维、陈寅恪、王仁俊、蒋伯斧、刘师培等，都投入对敦煌遗书的收集、校勘、刊布、研究中来。更有罗振玉、刘半农、向达、王重民、姜亮夫、王庆菽、于道泉等，远涉重洋，到日本、欧洲，去抄录和研究那些流失的敦煌经书。

在保护和研究敦煌文化和历史方面，以常书鸿、段文杰、樊锦诗等为代表的敦煌守护者贡献极大，十分令人感动。他们放弃大城市优越的生活条件，奔赴偏僻荒凉的大西北，把一生都贡献给了敦煌文物古籍保护事业。正是由于他们的艰苦付出和辛勤努力，敦煌才走上了科学保护的路子；敦煌学研究也从无到有，从粗到精，彻底改变了“敦煌在中国，敦煌学研究在国外”的状况。

1943 年 3 月，常书鸿一行六人，历尽艰难困苦，来到荒凉的敦煌，开始了艰难的敦煌保护和研究工作。此前，从法国留学归来的他，被国民政府聘任为刚刚成立的国立敦煌艺术研究所所长。

常书鸿他们面对的是破旧凋敝、毫无保护措施的莫高窟。风沙侵蚀，人为毁损，使这座艺术宝库日渐衰败。常书鸿带领仅有的十余名员工，筚路蓝缕，白手起家，一切从头开始，从无开始，开始了敦煌石窟的清理、调查、保护、临摹等工作。从 1943 年 3 月踏上敦煌的土地，常书鸿在莫高窟默默工作和奋斗了约 50 年。他的生命的一大半都献给了敦煌，献给了莫高窟。他带领第一代敦煌人，为莫高窟的保护作出了巨大贡献。人们把他称为“敦煌守护神”。

继常书鸿之后，段文杰、樊锦诗、王旭东等带领一代代敦煌人，在保护敦煌和研究敦煌的道路上继续摸索前行。如今，莫高窟保护已经从常规保护转变为科学保护。由原敦煌艺术研究所发展而成的敦煌研究院，已经成为国内外具有一定规模和影响的遗址博物馆、敦煌学研究实体、壁画与土遗址保护科研基地。我国的敦煌学研究，在国际上已经处于领先水平。由敦煌研究院第三任院长樊锦诗提出的“数字敦煌”的概念，已经应用于敦煌文物保护的实践中。他们将数字技术引入敦煌遗产保护，将洞窟、壁画、彩塑及与敦煌相关的一切文物加工成高智能数字图像；同时将分散在世界各地的敦煌文献、研究成果、相关资料，通过数字处理，汇集成电子档案，从而为保护和研究敦煌开辟了全新的道路。

不仅如此，敦煌人还做足了“敦煌文章”，用艺术的方法向世界生动展示敦煌文化。国内第一部以敦煌壁画为题材的动画片《敦煌传奇》，首次以动画形式展现了博大精深的敦煌文化，是继舞剧《丝路花雨》《大梦敦煌》之后的又一部艺术精品。《敦煌传奇》已经推出了英语、韩语、日语和繁体中文等多个版本，在国内外引起很大反响。专家认为，它对于正在建设中的丝绸之路经济带和华夏文明传承创新区有着重要的文化意义。

“敦煌是中国的敦煌，应该使敦煌学回到中国。”这是三十多年前，一位老人的郑重嘱托。

现在，我们完全可以自豪地告慰这位老人：敦煌学已经回家了！

（2017 年）

诗意横峰

水是眼波横，山是眉峰聚

“水是眼波横，山是眉峰聚。”宋人王观的这两句诗简直是为横峰而写的。

还有苏东坡的诗句：“横看成岭侧成峰，远近高低各不同。”我问横峰的朋友，横峰这个名字是否与古人诗词有关，他们都微微一笑，很谦虚地回答：“不是啦。”他们说，横峰本名“兴安”，后因本地名山横峰而改为现名。

但我固执地认为，横峰就是从古人的诗句中走出来的。

横峰是江西省东北部的一个小县，地处闽、浙、皖、赣四省要冲。踏进横峰，我就疑心自己踏进了一个古老的时代。亭子上、梧桐畈、莲荷乡、上畈村、新篁乡、龙门畈、葛源村、枫树坞、月光洲……这一个个古色古香的地名，哪一个不带着唐诗宋词的意境？当人们为传统地名急剧消失而痛心的时候，横峰的这些地名却带着历史的温度，承载着厚重的文化，挟着古典诗词的韵律，穿越千百年的时光，鲜灵灵地存活在生动的现实当中。

横峰的诗意，写在每一寸土地上。

亭子上是一个小村庄。清一色的粉墙黛瓦，明朗素雅，大红的剪纸透着喜气。田野里一片绿油油的麦子，像绿色的地毯一样。一畦畦蔬菜鲜翠欲滴，体态丰满的鸡妈妈带着一群小鸡在菜地里觅食，高傲的大白鹅优雅地踱着步，小黄狗在温煦的阳光下眯着眼睛慵懒地打盹。清澈的河水潺潺地流着，几只鸭子浮游水中，不时扎到水底去觅食，水面泛起一圈圈气泡。两岸都是茂密的树木，树木吮吸着大地的乳汁，郁郁葱葱，枝叶扶疏。竹林边，成群的笋争先恐后地从土里探出头来。秋千架，老水车，悠然亭，古驿站。几近消失的田园风光，如同被时光遗忘的世外桃源。岁月静好，现世安稳，村民的生活像村边的河水一样悠悠地流淌。

莲荷乡，莲荷的家乡。莲叶并不罕见，奇的是这千亩荷园，真实呈现了“接天莲叶无穷碧”的壮观。沿着木质步道走进荷塘深处，极目四望，视线所及尽是亭亭玉立的莲叶。晶莹的水珠在莲叶上滚动，小鱼、小虾在莲叶间嬉戏，黑天鹅在池塘里悠闲地游弋。荷塘边建起了一排排灰黄色小木屋，那是为游客们准备的休息之所。古人吟咏莲荷的诗文多矣，我最爱的是两首出自无名诗人之手的民歌，一首是汉乐府《江南》：“江南可采莲，莲叶何田田。鱼戏莲叶间。鱼戏莲叶东，鱼戏莲叶西，鱼戏莲叶南，鱼戏莲叶北。”还有南朝《西洲曲》：“采莲南塘秋，莲花过人头。低头弄莲子，莲子清如水。”还有辛稼轩的“最喜小儿亡赖，溪头卧剥莲蓬”。这些诗句都鲜活灵动，清新可喜，充满生活情趣。虽然还没到莲子成熟的季节，但我仿佛看到了采莲时节鱼虾嬉戏、男欢女爱的动人场景。

走近葛源村，村口的那棵老树令我为之一震。那是一棵樟树，树干粗大，需数人方可合抱，树身黝黑铁青、峥嵘沧桑。这棵树太老了，也许几百岁，也许上千岁，主干已经从中间裂开一分为二，其中一部分主干歪倒触地，而另一部分主干依然挺立，依然枝繁叶茂，依然浓荫覆地。一棵树站在那里，就站成了一部历史，即使倒下了，仍然顽强地活着。据说，此地有一种民间习俗：女儿一出生就种一棵樟树，到出嫁时家人伐木为女制箱盛嫁妆。因此，到处可见樟树的身影。

樟树下，一位年轻女子坐在长条石凳上看书。只见她双手捧书，头颈微垂，看得入迷，一袭红色长裙格外醒目。自然披落的秀发遮住了她的面庞，然而她的侧影仍然显出婀娜的身姿，远远看去，宛如一幅美丽的剪影。年轻与古老，鲜红与翠绿，对比如此强烈，又如此和谐。时光仿佛在这里静止。一瞬间，我竟有了莫名的感动。

徜徉在横峰大地上，仿佛在一幅水墨画中行走。月光洲，梦一样的名字，梦一样的小岛，轻轻地泊在信江上，绿树成荫，水禽翔集。石桥村，大片的紫云英正在盛放，层层的梯田像翻卷的大海，乡间绿道曲径通幽……横峰人爱美，他们致力于建设秀美乡村。秀美者，秀丽而美好。有内涵、有品质的美才是真正的美。聪明的横峰人，在“秀美”二字上做足了文章。亭子上的传统民间艺术剪纸，莲荷乡的千亩荷园，石桥村的高山梯田，都已成为当地重要的旅游资源和经济来源。横峰在走向富庶，而山水依旧美丽如诗。

“水是眼波横，山是眉峰聚。”我还是固执地认为，古人的诗句就是为今天的横峰而写的。

梭椤树下的沉思

与一棵梭椤树相遇，是在江西葛源镇列宁公园内。

乍闻列宁公园之名，我有点吃惊。去过很多革命老区，这是第一次见到以列宁名字命名的公园——后来我查了一下，原来同名的公园还不止一个。不过别的那些多是由原有的公园更名而来。而这个公园的特殊之处在于，它是中国共产党自己建造的第一个人民公园，而且建造于烽火连天、兵荒马乱的战争年代。

1931年2月，赣东北特区首府由弋阳县迁到横峰县葛源镇，这里成为赣东北革命根据地政治、军事、经济、文化中心，被称为“红色省会”。“小小横峰县，大大葛源镇。”葛源镇声名鹊起，成为根据地老百姓向往的地方。同年3月6日至8日，赣东北特区工农兵代表大会在葛源召开，方志敏当选为特区苏维埃政府主席。政府刚刚成立，他就提议在葛源镇修建一个公园。公园建成后，方志敏将它命名为“列宁公园”，并亲笔手书园名。公园竣工那天，他又亲手栽下了一棵梭椤树。

跨过葛溪河，推开公园陈旧的大门，一股历史的气息扑面而来。园门为拱形，门楣上红色的“列宁公园”四个大字正是方志敏所写。入木门，穿石径，左侧池水荡漾，园内枣树、槐树、枇杷树、柚树等密布成林。八十多年过去了，园内的许多设施已显陈旧，但是依然能够看到当年的风采。除了荷花池已经干涸而长满杂草外，那高大的六角亭，那树叶茂密的梭椤树，那用无数鹅卵石建造的游泳池，甚至当年的更衣室、跳水台，都还赫然在目。

公园不大，往里走，石径尽头，就是六角亭。亭梁上画有各种造型的五角星彩色图案，亭内有一张圆形石桌和四个腰鼓形石凳。在六角亭旁有一棵大树，枝繁叶茂，这就是方志敏当年亲手所栽的梭椤树。梭椤树这个名字，我从来没有听说过。《辞海》中查不到，网上搜索，所指就是葛源的两棵。一棵横卧在河面上成桥，供来往的人们行走。另一棵就是这棵。树干粗可合抱，树冠亭亭如盖。据民间传说，梭椤树本是月宫的仙树，它砍不倒、折不断，不畏严寒，常年青翠。方志敏选种梭椤树，就是为了鼓励大家不怕困难，战胜挫折，勇往直前。

站在梭椤树下，抚摸着粗糙的树干，仰视着浓密蔽日的树冠，我仿佛看到了方志敏高大魁梧的身影。

在那样艰苦、恶劣的战争环境下，生存尚且困难，竟然要建造这么一座以休闲娱乐为目的的公园，眼光不可谓不超前。所以，方志敏的提议理所当然地受到了他人的反对。然而，当他讲述了自己在上海的一段经历后，大家改变了看法。1922 年，方志敏去上海找工作受挫，几个朋友邀他去法国租界内的公园散心，公园门口“华人与狗不准进园”几个字深深地刺痛了他的心。深感民族耻辱的方志敏，下决心要让中国的劳动群众有自己的公园休闲娱乐。经过一个月的劳动，公园建造好了。这是一座占地 6000 多平方米的公园，它的四周建有两米高的围墙，园内有荷花池、游泳池、六角亭、枣林等。

列宁公园是真正意义上的人民公园。列宁公园是当时全国六大苏区中唯一建造的公园。公园建成后，向苏区全体军民免费开放。上自政府主席，下到光屁股的小孩，随时可在公园内休闲、玩耍、唱歌、看报、游泳、散步。每逢节日，苏区群众还经常在列宁公园举行盛大的文艺活动。赣东北苏区全民体育运动会的游泳比赛项目，也是在这里举行的。可以说，列宁公园正是方志敏民本思想的体现。让人民生活得更幸福，是方志敏的心愿。他在带领军民保卫苏区根据地的同时，还大力发展经济，改善民生，提高群众生活水平。在公园的设计中，他也处处考虑到群众的安全和方便。比如游泳池，原来设计的深度都是 2. 5 米，方志敏知道后立即要求改动设计。他说：“2. 5 米的水深对会游泳的人来说无所谓，对不会游泳的人和小孩来说太危险了，如果出了事故，我们怎么向父老乡亲交代?”在他的要求下，靠近跳水台前端的水深改为 1. 5 米，中部水深 2 米，末端水深 1 米。

方志敏是一个有文学情怀、懂生活情趣的人。他饱读诗书，才华出众，有着理想主义精神和浪漫主义气质。他青少年时期就写道：“心有三爱，奇书骏马佳山水；园栽四物，青松翠竹白梅兰。”列宁公园的设计就显示出他不俗的审美品位。公园内建有亭台楼榭、花圃路径、小桥流水、通幽曲径，这样的设计，没有一定的艺术素养是做不到的。特别是游泳池的设置，可以看出他是一个会生活、懂生活的人。工作之余，他喜欢坐在六角亭里看书、写作，和战友下棋。他的《苏维埃干部和群众关系问答》《怎样做乡苏维埃工作》等著作，就是在这里完成的。

虽然战事倥偬，又担负着全面负责特区党政军工作的重任，但是方志敏的生活一点也不枯燥。他的生活清贫、充实而又有高尚的情趣。方志敏不是一个高高在上的主席、军长、书记，他首先是一个人，是一个与人民在一起的普通人。也正因此，他赢得了人民由衷的尊敬、爱戴和喜欢。当地老人说，方志敏身高一米八，身材魁梧，相貌堂堂，博学多才，幽默风趣，曾是当地很多年轻女子暗恋的对象。他在亭子里读书时，总会有爱慕者在他的身后，偷偷放下新做的布鞋。她们并无所求，只是用这种最朴素的方式表达对他的爱意。

即使身陷囹圄，面对死亡，方志敏依然没有放弃他的坚定信仰和文学情怀。在狱中，他在极其艰难的条件下写下了《可爱的中国》《狱中纪实》《清贫》等名篇。在《可爱的中国》一书的结尾，他用诗一般的语言写道："假如我不能生存——死了，我流血的地方，或者我瘗骨的地方，或许会长出一朵可爱的花来，这朵花你们就看作是我的精诚的寄托吧！在微风的吹拂中，如果那朵花是上下点头，那就可视为我对于为中华民族解放奋斗的爱国志士们在致以热忱的敬礼；如果那朵花是左右摇摆，那就可视为我在提劲儿唱着革命之歌，鼓励战士们前进啦！"

这样一个有血有肉、有情有义、有才有学的英雄，理所当然会受到当时人民的爱戴，理所当然会活在后来人的心中。他就像这棵梭椤树一样，不管岁月变迁，不管风吹雨打，永远枝繁叶茂，昂然挺立。

（2017、2018 年）

神木的五种颜色

2022年8月上旬，我参加《民族文学》杂志社组织的多民族作家采风团，首次来到闻名遐迩的陕西神木，深为神木悠久的历史渊源、独特的地域文化、美丽的自然风光所折服。

这是一片红色的土地

红色，是神木的底色。

到达神木市的第二天一早，我们就驱车65公里来到贺家川镇，参观了位于天台山上的“刘志丹纪念馆”。86年前，就是在这里，刘志丹率领英勇的红军东渡黄河，与敌人展开殊死搏斗。纪念馆是当地一位民营企业家自愿出资375万元，于2008年6月建成的。

神木是一片红色的土地。早在1925年，神木就有了党的地下活动，1928年建立了神府地区第一个农村党支部，1933创建红色政权，开辟神府革命根据地，成为中国共产党在全国保存下来为数不多，始终未被敌人清剿的红色根据地之一。在这片光荣的土地上，曾发生过无数可歌可泣的红色故事，涌现出王瀛、汪铭、张友清等革命志士；走出了贾拓夫、张秀山、王兆相、李子奇、李智盛等一批杰出的领导干部；留下了张闻天、贺龙、刘志丹、马文瑞、乌兰夫等人以及国际友人白求恩生活和战斗的足迹。

刘志丹是一个充满传奇色彩的人物。

1935 年 2 月，刘志丹出任西北革命军事委员会主席、前敌总指挥。他指挥红军先后解放了安定、保安等六座县城，使陕甘边、陕北两块根据地完全连成一片，主力红军发展到 5000 多人，游击队扩大到 4000 余人，在 20 多个县建立起红色政权。这块“硕果仅存”的根据地，最终成为中共中央和各路红军长征的落脚点。

1936 年 3 月，刘志丹率红 28 军参加东征战役。出征前，刘志丹对妻子同桂荣回忆起当初的入党誓词说：“加入党，就要为共产主义信仰奋斗到底。作为个人来说，奋斗到底就是奋斗到死。”

1936 年 3 月下旬，红 28 军进入神木、府谷，当地百姓听说刘志丹来了，都纷纷赶来看望。没人叫他“军长”，大家都亲昵地叫他“老刘”。有位双目失明的老大娘，从人群中挤到“老刘”面前，十分激动地拉着“老刘”的手，从头上摸到脚下，又从脚下摸到头上。

东征中，刘志丹率领红军挺进晋西北，连克敌军。1936 年 4 月 14 日在中阳县三交镇战斗中，刘志丹亲临前线侦察敌情，不幸左胸中弹，壮烈牺牲，年仅 33 岁。去世时，他的皮包里只有几支香烟和半截铅笔，没有给家人留下任何财物。

1943 年 5 月，中共中央在延安举行刘志丹将军移陵公祭典礼。毛泽东题词赞誉他为“群众领袖，民族英雄”。周恩来题词：“上下五千年，英雄万万千，人民的英雄，要数刘志丹。”朱德称他是“红军模范”。英雄远去，精神长存，神木人民对刘志丹光辉的一生充满敬意。

黄河与黄土在这里深情拥抱

黄色，是神木的肤色。

神木地处毛乌素沙漠和黄土高原过渡地带，驯服的毛乌素沙漠与粗犷的黄土高原在这里相拥交会，万里长城蜿蜒跌宕跨境西行，九曲黄河汹涌澎湃绕边南下。这里既襟山带水，又梁峁起伏，是一方古老而神秘的所在。黄土、黄沙、黄河，共同勾勒出神木的肤色。

唐代大诗人李白曾慷慨赋诗：“黄河之水天上来，奔流到海不复回。”在李白的笔下，黄河仿佛从天而降，一泻千里，东走大海，气势磅礴。然而，桀骜不驯的黄河之水，进入神木境内，竟然变得姿态很低，一直在神木东部与山西、内蒙古交界的大峡谷里静静地流淌。虽然河面开阔，水势也不小，但舒缓平和。站在天台山上，俯瞰山脚下，两条宽阔而平缓的河流静静交汇。当地人告诉我们，山的东面紧贴山脚那条较宽阔的是黄河，西面那条曲曲弯弯的是窟野河。窟野河在天台山南汇入黄河，一路继续东流。汹涌奔腾的黄河竟这么温驯，真是让人意想不到。

神木是陕西省面积最大的一个县级市，总面积 7635 平方公里，比太平洋中一个普通岛国的面积还要大。境内丘陵密布，沟壑纵横；草滩绵延，沙梁翻滚。这里曾经是一块荒凉贫瘠的土地，人烟稀少，民不聊生。北宋著名宰相范仲淹在知延州任时，就多次到过神木，并且写下了一首著名的《渔家傲》。词曰：

塞下秋来风景异，衡阳雁去无留意。四面边声连角起，千嶂里，长烟落日孤城闭。

浊酒一杯家万里，燕然未勒归无计。羌管悠悠霜满地，人不寐，将军白发征夫泪。

这首词极其苍凉悲壮，描摹了神木当时的情景：连大雁都无留意，耳中只能听到肃杀的“边声”，目中只有大漠孤烟、长河落日，悠悠羌管更添思乡之情。但是故乡在何处呢？在万里之外。

地下藏着 “黑色的金子”

黑色，是神木的亮色。

神木，古称“麟州”。道光年间的《神木县志》记载：“县东北杨家城，即古麟州城，相传城外东南约四十步，有松树三株，大可两三人合抱，为唐代旧物，人称神木。金以名寨，元以名县，明代尚有遗迹。”

然而，神木在哪儿？谁见过神木？近千年来，谁也没有解开这个谜。

其实，神木并未远走，它还留在原地，不过已经转入了地下，化为了一种更坚实的形体。它就是煤。神木已探明的煤炭储量达 560 多亿吨，占神府—东胜煤田总储量的四分之一。

神木已得名近千年，神木的煤又不知在地下埋藏了多少岁月，人们才最终发现了它，寻宝者的目光才一齐聚焦在这儿。

神木市境矿藏资源有煤、铁、石灰石、石英砂等，以原煤储量最为丰富。神木的煤炭资源不仅储量大、易开采，而且质量优良，具有低硫、低磷、低灰，中高发热量的特点，是理想的环境保护用煤。近年来，神木已成为国家的重点煤炭基地之一。大柳塔到内蒙古的乌兰木伦河一线，露天煤矿宛如长城蔚为大观。在不足十米的表土之下，便是十几米的煤层，去除了表土，掘煤机便可开到煤层前尽情挖掘。于是，一车又一车煤被运出去了，运到一切急需煤的工业基地去了。据探测，神木的煤储备像一条条长长的地下走廊，以神木为中心，延续到府谷，延续到伊金霍洛旗，延续到东胜，还延续到横山一带。神木的地下，俨然藏着一个浩瀚无垠的煤海。

地下蕴藏着 560 多亿吨“黑色的金子”的神木是中国最大的煤炭生产县（市），煤炭等矿物资源的发现、开采、利用，让神木彻底甩掉了贫穷落后的帽子，成为全国“千亿县”排名中人均 GDP 第一的地方。2020 年 12 月，中国社科院发布的全国县域经济综合竞争力 100 强中，神木排名第十二。2021 年，神木市实现地区生产总值 1848. 18 亿元，人均地区生产总值 321591 元。2022 年 4 月，入选 2021 年中国 GDP 十强县。

经济实力的增强，为当地人民带来了实实在在的利益。2009 年 3 月，神木在全国率先推行全民免费医疗改革：凡是拥有当地户籍的城乡居民患者，在指定的乡镇医院住院开支 200 元以上、县级医院住院开支 400 元以上部分，均由县财政支付，每人每年的医疗费用最高可以报销 30 万元。神木还实现了十二年免费教育。

为古老神木披上绿装

绿色，是神木的特色。

其实，神木不仅有黄色，也有绿色。如果说黄色是神木的肤色的话，那么，绿色就把神木装点得更加美丽、更加秀气、更加灵动。绿色也是神木的一个重要标志，这是我们先前所未曾想到的。著名的红碱淖风景区就是大沙漠里的一颗绿色明珠。

那天，在紧张的采访期间，好客的神木人非要带我们去看一片大草原。他们说了一个很奇怪的名字，经过逐字解释，才知道那叫“红碱淖”。对于我们这些外地来客来说，这是一个陌生的名字。但是当我们经过一个多小时的颠簸到达之后，我们的感受是四个字：不虚此行。如果再加上四个字的话就是：来得值了。

下车伊始，我们便看到一片茫茫无际的大草原，这就是尔林兔大草原。尔林兔大草原位于鄂尔多斯高原与毛乌素沙漠过渡地带，面积达 13300 余亩。这里本是一片天然牧场，现在已经禁牧。尔林兔草原西边是红碱淖，当地人把红碱淖称为神湖。在毛乌素沙漠的深处，在神木境内，有一大批星星点点的小湖泊，当地人称之为“海子”。其中最大的海子就是红碱淖，水面面积 37.1 平方公里，储水量达 7 亿立方米，水深在 15 米以上，是中国最大的沙漠淡水湖。在这里，看到如此宽广的水面，如此茂盛的草原，让人几乎不敢相信身处陕北。红碱淖水域辽阔，烟波浩渺，蓝天白云，碧水黄沙，交相辉映，景色壮观。红碱淖四周生态环境良好，为许多候鸟提供了理想的栖息地，共有 30 余种野生禽类在这里繁衍生息，主要有国家二级保护动物白天鹅以及鸬鹚、海鸥、鱼鹰、野鸭、鸳鸯等。每逢春秋两季，成千上万只鸟类聚集于此，上下翻飞，翩翩起舞，鼓乐齐鸣，场面非常壮观。

当地人把红碱淖称作“昭君泪”，这来自一个美丽的传说。据说王昭君当年远嫁匈奴，走到乐林兔草原，即将告别中原，她下马回望，想到从此乡关万里，恐怕一辈子也难以回还，顿时千般感慨、万般惆怅汹涌心间。这一驻足，便流了七天七夜的眼泪，于是就形成了这一汪六七十平方公里的红碱淖。王母娘娘为此感动，便派七仙女下凡，仙女们各持一条彩带，从七个不同的方向向其走去，于是就有了七条季节性河流同时流入红碱淖的景象。

文化旅游部门的相关工作人员最先发现了它的价值。从二十世纪八十年代开始，他们就有计划地开发、保护这片草原和大湖。塞上明珠红碱淖终于睡醒了，来访者络绎不绝。盛夏到红碱淖，一湖清水，碧波荡漾，小船儿轻轻摇荡，直把游人送到湖心深处。这时候，好风徐来，花香扑鼻。放眼望去，草浪翻滚，长河落日，顿感心旷神怡。

神木人不但全力保护好现有的绿色，而且坚持治理沙漠，让黄色变为绿色。早些年，由于过度放牧，尔林兔草原逐渐荒芜。近年来，当地根据山水林田湖草沙系统治理的要求，将草原纳入生态保护和旅游开发建设管理中，发展特色农业和观光农业。我们看到的万亩大草原，绿草葱郁，昔日荒芜的沙地变成了美丽的旅游休闲之地。

同样令人鼓舞的是，经过当地人民半个世纪坚持不懈的治理，毛乌素沙漠的面积也在不断缩小。许多沙地如今成了林地、草地和良田。据专家预测，毛乌素沙漠即将从陕西的版图上“消失”。

蓝蓝的天上白云飘

蓝色，是神木的气色。

神木的地绿了，神木的天也蓝了。

来神木之前，我想象这里肯定是黄土满地，黄沙漫天，天空灰蒙蒙，空气污浊浊。

谁知一见之下却发现，现实并非如此。

由于飞机晚点，到达神木已是半夜。偶一抬头，发现天空又高又蓝，一轮圆月洒下如水的清辉。这些年，由于生态文明理念深入人心，环境治理力度加大，城里的蓝天也越来越多了。但神木的天空似乎格外高、格外蓝。

我以为这是夜间的缘故。谁知第二天白天，我看到的神木，是一座干干净净的现代化城市。天空依然湛蓝湛蓝的，朵朵白云点缀在蓝天上，分外的高洁。想到神木处于黄土高原与毛乌素沙漠夹击之中，又是煤城，能够把空气治理得如此洁净，那是下了多大的功夫啊！神木的朋友告诉我们，以前可没有这么蓝的天、这么清洁的空气。作为一个因煤而兴、因煤而富的资源型城市，神木也走过环境污染的弯路，空气质量指数逐年下降，二氧化硫、氮氧化物的排放量逐年攀升，天空不蓝，云彩不白，降雨量减少，生态脆弱。神木人痛定思痛，全面禁烧烟煤，治理清除大型污染企业，推广应用清洁能源，这些措施让神木的空气质量大幅度提高，城区空气质量达到国家空气质量二级标准，真正将神木建成了绿色环保的宜居城市。一路上，我们都在跟神木的朋友开玩笑，我们要把户口迁过来，当一名新神木人。吸引我们的，不只是神木的高福利政策，还有这洁净的空气啊！

朱自清的梅雨潭

到瓯海，不去看看朱自清先生笔下的梅雨潭，总不甘心。

那是一个冬天的上午，细雨斜飞，天色阴沉，微风薄寒，地面泥泞湿滑，景区游人稀少。这个季节，这种天气，本不适合出游；只有我等几个痴人，会在这个时候来看梅雨潭。

梅雨潭的出名，应该感谢朱自清。是他的一篇千字短文《绿》，让梅雨潭名扬天下。

1923 年 9 月，江苏东海人朱自清来到浙江温州，在省立第十中学当国文教员。当年他刚刚 25 岁，已是一位小有名气的诗人，留着时髦的小分头，戴着圆圆的眼镜，虽然个子不高，但英气逼人，又带着几分傲气。他来到温州，挟带着五四新文学运动的余热，很快就点燃了温州的文学之火，带动了一大批年轻人投身文学创作。

朱自清与同校教员马孟容、马公愚兄弟交游甚密，他尤其欣赏马孟容的国画。在离开温州之际，他向马孟容索画以为纪念。马孟容知道朱自清喜欢海棠花，遂以月色、海棠、八哥为题材作画一幅，赠予朱自清。朱自清甚喜，随即回赠他一篇散文《“月朦胧，鸟朦胧，帘卷海棠红”》，成就了一段文坛佳话。

在温州一年时间里，除了教书、写作、交游外，朱自清最喜欢的事情，莫过于游山玩水了。1924 年 10 月，朱自清举家离开温州后便没有再回温州，但他对温州的山水却一直不能忘怀。后来，他在给马公愚的信中说：“温州之山清水秀，人物隽永，均为弟所心系。”在这些名山胜水中，最令他留恋的，非梅雨潭莫属。这一潭碧水，让他留下名垂青史的经典散文《绿》。正是在温州，朱自清从诗歌写作转向散文写作。

我不知道之前有哪些古人咏过梅雨潭，但是一篇《绿》，就让我们知道了梅雨潭，记住了梅雨潭的“绿”。

2019年12月，江苏如皋人徐某来到温州瓯海。办完该办的事情，离别之际，尚有小半天的余暇，匆匆赶到仙岩，去看一眼朱自清的“女儿绿”。其实与其说是为了观景，不如说是为了追寻这位前辈作家的“踪迹”①。

仙岩现在已经成为一处著名的景区。虽然是冬天，但山上山下依然草木葱茏，流水淙淙。

找了一个解说员，自称“小黄”——看外貌分明是个中年汉子，“小黄”也许是谦称吧，据说是这里的金牌解说员。他一路讲述当地的传说、故事，让静态的山水有了鲜活的生命。

“我第二次到仙岩的时候，我惊诧于梅雨潭的绿了。”二游仙岩，梅雨潭深深地打动了朱自清的心。据考，朱自清第二次游仙岩，是1923年9月30日。那天，朱自清和马公愚等人从马家出发，在小南门坐上小火轮去仙岩。到仙岩后，他们先在圣寿禅寺逗留了片刻，随后拾级而上登上梅雨亭。在梅雨亭，朱自清先是端详梅雨潭，后又站在悬崖边上俯下身子仔细欣赏潭水。马公愚即制止他说：“这样太危险了。”就把他领过亭下的一道石穹门，让他站在潭边一个小坪上饱赏潭色水光。梅雨潭水让朱自清喜爱不已。他对马公愚说：“这潭水太好了！我这几年看过不少好山水，哪儿也没有这潭水绿得这么静，这么有活力。平时见了

---

①朱自清著有一组散文，总题为《温州的踪迹》，《绿》即为其中一篇。

深潭，总不免有点心悸，偏这个潭越看越可爱，即使掉进去也是痛快的事。这水是雷响潭下来的，那样凶的雷公雷婆怎么会生出这样温柔文静的女儿?”梅雨潭的“绿”，触动了作家的情思。不久，一篇短小精致的《绿》一挥而就。脱稿后他抄了几份，分别送给马公愚及另外两位同游者留念。

来到梅雨潭，仿佛处处都有朱自清的身影。我们踩下去的脚印，不知道哪一个与朱自清的足迹重叠。这一想象让我兴奋不已。朱自清成了一名隐形导游，引领我们一步一步走向梅雨潭。

仙岩风景区所在的大罗山，是在平原上拔地而起的一座山，峻崖陡壁，水源充沛，虽方圆不过数十里，却多瀑布潭，而且集中在西麓仙岩附近。据说，仙岩景区比较著名的瀑布潭有五个，其中以梅雨潭最出名。

进了景区大门，首先看到的是圣寿禅寺。朱自清二游仙岩，曾在此驻足观赏山景，马公愚指点他仔细辨认那些传说中像青狮、白象一样的景点。圣寿禅寺原名仙岩寺，创建于唐贞观年间。山门门楣上悬“开天气象”匾额，系宋理学家朱熹所题。时间有限，我们无暇进寺内参观，匆匆走过寺院，首先映入眼帘的便是三姑潭，这是仙岩五潭中最低的一个潭。三姑潭之名始于宋代。据明代鲍武《宋三姑行略》记载，北宋初年，楞严遇安禅师驻锡仙岩宣讲佛经，风闻四方，从者如云。忽一日，有三位仙姑前来礼拜禅师。遇安问她们从何处来，她们说，她们早上从福建来，闻师宣扬正法，超度迷流，特来求教。遇安对她们道，只要有心学道，何须离乡跋涉千里！三位仙姑听后，顿有所悟，遂挽臂入潭隐化而去。此潭因此得名。

三姑潭一泓清碧，水平如镜，倒映青山，显得明媚静穆；水潭上面是大片平滑的斜坡岩坦，流泉过其上，像珠玑四溅，缓缓滚落潭中，落瀑别有一番风姿。斜坡上有一大一小两个窟窿。小黄介绍说，这是“仙人打滑塌”。传说八仙来到仙岩游玩的时候，到了这里无路可走了。但是上面的美景很诱人，其他仙人都跳上去了，只有铁拐李跳不上去，一屁股摔在地上。何仙姑去拉他，结果也摔倒在地。他们在这块岩面上摔出一上一下、一小一大两个印迹，后人称之为“仙人打滑塌”。宋代诗人赵汝回曾有诗咏三姑潭云：“谁掣银河铁锁开，飞珠掷练此山来。似黄梅雨无晴日，于白云天有怒雷。”

由三姑潭往前，我们看到一处摩崖石刻，镌刻的是唐德宗时温州郡丞姚揆的《仙岩铭》：“维仙之居，既清且虚；一泉一石，可诗可图。”据说这首诗被收录在《全唐文》901 卷。摩崖石刻是仙岩风景名胜区人文资源的一个重要内容，现发现的已有 35 处。最早的一处“通源胜境”在梅雨潭前观音洞口正前方的岩壁上，是南朝刘宋元嘉癸酉年（433 年）开元寺僧恩惠所书，这也是目前温州所有风景名胜区中最早的一处摩崖。自南朝山水诗鼻祖谢灵运起，历朝历代的文人雅士都先后为其留下无数精彩的吟咏、精致的题刻。谢灵运曾“蹑履梅潭上，冰雪冷心悬”（《舟向仙岩寻三皇井仙迹》）。还有历代名人诸如唐代的路应、方干、李缜、司空图，宋代的林石、许景衡、朱熹、陈傅良，元代的高明，明代的卓敬、黄淮、张璁，清代的潘耒、孙衣言等都在这里留下了游记、诗篇。这些摩崖石刻如“飞泉”“白龙飞上”“梅玉”“喷玉矶”“四时梅雨”“别有天”“飞白”“漱流忘味”等，其内容不仅反映了不同时期、不同留题者的不同感受，而且其书法艺术亦可作为书法学习者极好的摹本。

梅雨潭边有三座石亭：梅雨亭、自清亭、升仙亭（又名轩辕亭）。自清亭和升仙亭是近年新建的，分别纪念朱自清先生和轩辕黄帝。仙岩这个名称已经有一千年以上的历史了。传说轩辕黄帝在梅雨瀑布东侧一块巨大的岩石上炼丹成仙，即将乘龙升天。岩石跟他相处久了，感情深厚，也想跟轩辕一道升天。但轩辕不愿带走人间的一草一木，就把它留下了。人们为了纪念轩辕，就把这块岩石命名为“轩辕岩”，也就是仙岩。自清亭内立有一块三角形石碑，上面刻着朱自清的散文《绿》。我们都情不自禁地诵读起来：“可爱的，我将什么来比拟你呢？……我从此叫你‘女儿绿’好么?”有人好奇：为什么朱自清将梅雨潭叫作“女儿绿”呢？据分析：朱自清祖籍浙江绍兴，绍兴最好的酒是“女儿红”，朱自清将梅雨潭命名为“女儿绿”，言下之意是梅雨潭是天下最好的潭水。朱自清在温州只住了一年多，但温州人感谢他，还为他建了一座纪念馆。

梅雨亭坐落在潭西南崖背上，为明嘉靖年间瑞安县令余世儒所建。门柱的对联“飞瀑半空晴亦雨，梅潭终古夏如秋”，体现了梅雨潭精绝的个性。乍一看去，正如《绿》中写的：“这个亭踞在突出的一角的岩石上，上下都空空儿的；仿佛一只苍鹰展着翼翅浮在天宇中一般。”此亭正对瀑布，因为安坐其中可观赏瀑布的全貌，作为建筑物又恰到好处地与梅雨潭的自然景色融为一体，故后人改称其为“梅雨亭”。快到梅雨潭时，一座小山挡住去路。真的和朱自清散文中描写的一样，需要猫着腰钻过一个岩洞，传说这就是八仙中的张果老曾住过而得名的“通玄洞”。洞有三个出口，两明一暗。暗道漆黑一团，谁也不敢尝试；出了明道洞口，梅雨潭瀑布就在眼前了。梅雨潭的瀑布狂奔直下；瀑布下面是一个潭，便是梅雨潭了。“哗哗”的流水声不绝于耳，那是梅雨潭瀑布自上而落，水流与山岩撞击的声音。

梅雨潭边的石头被众多游客踩踏得很光滑，加上雨后石面湿滑，有人一不小心就摔倒了。我们互相搀扶着爬上潭边石坝。这里是观赏梅雨潭瀑布和梅雨潭最佳的位置，从这个角度看潭水，潭深碧绿。据说朱自清在这里坐了一下午，凝神欣赏潭水。也许正是在这里，他心中正酝酿着那篇《绿》。有人开玩笑说，那我们就在这儿坐两个下午。惭愧，就算坐十个下午，我们再也写不出朱自清那样的佳句了。“她松松的皱缬着，像少妇拖着的裙幅；她轻轻的摆弄着，像跳动的初恋的处女的心；她滑滑的明亮着，像涂了‘明油’一般……”“我曾见过北京什刹海拂地的绿杨，脱不了鹅黄的底子，似乎太淡了；我又曾见过杭州虎跑寺旁高峻而深密的‘绿壁’，重叠着无穷的碧草和绿叶的，那又似乎太浓了。其余呢，西湖的波太明了，秦淮河的水又太暗了。”这样的句子，也就朱自清写得，别人再写，就画虎类犬了。在朱自清之前、之后，来过梅雨潭的文人骚客何止成千上万，留下的诗文更是难以计数。可人们记住的，还是一篇《绿》而已。我们的心情，就像李白游黄鹤楼那样：“眼前有景道不得，崔颢题诗在上头。”有欣喜，也有沮丧；有钦佩，也有失落。梅雨潭是朱自清的梅雨潭，已经深深地打上了他的烙印。我们喜欢梅雨潭，是因为朱自清的《绿》，因为这是朱自清喜欢的梅雨潭。人们游梅雨潭，其实不过是一遍遍温习朱自清，一遍遍向这位大师致敬。何处无瀑布？何处无潭水？但少知音如朱自清者也。

（2020 年）

朱自清的紫藤花

对于我的江苏老乡朱自清先生，我一向是心怀敬意的。忘了最早是什么时候开始读他的作品的——大约不是小学就是初中吧；也不记得最早读到的是他的什么作品——反正不外乎就是《春》《绿》《背影》《匆匆》；读《荷塘月色》应该比较晚了，似乎是在高中阶段；读《桨声灯影里的秦淮河》就更晚了，应该是大学或以后；然后就买他的书，《欧游杂记》《经典常谈》都是通读过的；十二卷本《朱自清全集》现在还摆放在书架的醒目位置，有时候还会抽出一本随便翻翻。他那种真实的书写，真挚的感情，真诚的文风，都是我所喜爱的。

我对朱自清心怀敬意，当然不只是因为先生的作品，更可钦佩的是先生的人品。先生不仅以作品为世人所知，他更以一名斗士的形象活在人们心中，不为五斗米而折腰的文人气节更是被广为传诵。

因此，但凡有机会到先生足迹所及之处，我必尽力追寻先生的踪迹。在江苏扬州安乐巷27号，我曾经瞻仰过朱自清故居；在浙江温州，我曾经探访过“朱自清的梅雨潭”（此为笔者所写散文标题）；最近，我来到浙江临海，又闻到了朱自清笔下的紫藤花香。

这是癸卯年暮春，因参加一个以先生名字命名的文学奖项的评选工作，我第一次来到临海，不仅饱览了临海的湖光山色，而且感受到了朱自清在临海留下的人文气息。

“我对于台州，永远不能忘记！”

这样深情的话语，出自先生的《一封信》。先生笔下的台州，即今台州临海，历史上长期是台州的州府之地。

其实，先生在临海居留的时间很短，总共不到一年。

1922 年初，朱自清受邀到位于台州的浙江六师任教。待到 4 月，因他与杭州一师还没有完全脱离关系，一师的同学们又要求先生回去。朱自清对六师的同学们说：“暑假后一定回台州来。”先生没有食言，9 月间，他带着妻儿一起来到临海，继续工作到 1923 年初学期结束。

短短不到一年时间，先生对临海却产生如此深情，究竟何故？

朱自清在临海的时间虽短，却很繁忙。为生活所迫，他不但承担了很多课程，还承担了学校的许多其他工作。据有关资料记载，他当时担任的是图书室主任一职，还负责文牍、哲学、社会学、国文、国语、科学概论、公民常识、西洋文学史等的教学。同时，他还不断地写作，与俞平伯、叶圣陶等文坛好友保持着通信，共同创办并坚持编辑《诗》月刊；还指导学生们学习写作，帮助他们修改稿件。

但朱自清是一个热爱生活的人，他有生活情趣，懂得享受生活，而不是为生活的重担所压垮。

朱自清喜欢山水。他每到一地，必登山临水，陶醉于自然风光之美。在他的作品中，留下了大量模山范水的优美篇章。如《绿》《荷塘月色》《桨声灯影里的秦淮河》等，都是脍炙人口的名篇佳作。

在临海，在繁重的工作之余，朱自清同样沉醉于山水之间。正是临海的自然风光给朱自清留下了极其深刻的印象，以至于后来他在文字中每每提及，以至于他发出“永远不能忘记”这样的浩叹。

在他的散文《一封信》《冬天》《儿女》，诗歌《我的南方》《昔游·台州》中，都有关于台州府城的记忆。他写道：“南山殿望江楼上看浮桥，看憧憧的人在长长的桥上往来；东湖水阁上，九折桥上看柳色和水光，看钓鱼的人；府后山沿路看田野，看天；南门外看梨花——再回到北固山，冬天在医院前看山上的雪，都是我喜欢的。”

当然，先生对台州人的印象也极佳，他说：“台州一般的人真是和自然一样朴实。”回忆起在台州期间的生活，先生这样写道：“无论怎样冷，大风大雪，想到这些，我心上总是温暖的。”

最让他心心念念不能忘记的，是台州的紫藤花。他在《一封信》中以朱氏特有的抒情的语调这样写道：“我不忘记台州的山水，台州的紫藤花，台州的春日。”

“我真爱那紫藤花！在那样朴陋——现在大概不那样朴陋了吧——的房子里，庭院中，竟有那样雄伟，那样繁华的紫藤花，真令我十二分惊诧！她的雄伟与繁华遮住了那朴陋，使人一对照，反觉朴陋倒是不可少似的，使人幻想‘美好的昔日’！我也曾几度在花下徘徊；那时学生都上课去了，只剩我一人。暖和的晴日，鲜艳的花色，嗡嗡的蜜蜂，酝酿着一庭的春意。”

他以细腻的笔触，拟人化的手法，把紫藤花描绘得栩栩如生，动人心魄：“我自己如浮在茫茫的春之海里，不知怎么是好！那花真好看：苍老遒劲的枝干，这么粗这么粗的枝干，宛转腾挪而上；谁知她的纤指会那样嫩，那样艳丽呢？那花真好看：一缕缕垂垂的细丝，将她们悬在那皴裂的臂上，临风婀娜，真像嘻嘻哈哈的小姑娘，真像凝妆的少妇，像两颊又像双臂，像胭脂又像粉……我在他们下课的时候，又曾几度在楼头眺望：那丰姿更是撩人：云哟，霞哟，仙女哟！”

以下的表白更是直白得近乎极致了：“我离开台州以后，永远没见过那样好的紫藤花，我真惦记她，我真妒羡你们！”

朱自清的散文，大抵以清新、自然、朴素见长，他擅长以最朴实、最冷静、最不动声色近乎白描的文字，表达最深沉、最真挚、最动人的感情。

比如，他在散文名篇《背影》中写他的父亲，用白描手法写的是父亲的衣着和动作："戴着黑布小帽，穿着黑布大马褂，深青色棉袍。""他用两手攀着上面，两脚再向上缩；他肥胖的身子向左微倾，显出努力的样子。"

在《荷塘月色》中写荷叶写荷花写月光，用的是比喻的手法："叶子出水很高，像亭亭的舞女的裙。层层的叶子中间，零星地点缀着些白花，有袅娜地开着的，有羞涩地打着朵儿的；正如一粒粒的明珠，又如碧天里的星星，又如刚出浴的美人。""月光如流水一般，静静地泻在这一片叶子和花上。"

不管是写亲情还是写风景，都是以很冷静、很克制的笔调。即便在《绿》《桨声灯影里的秦淮河》等散文名篇中，也没有如此"浓得化不开"的激情。以如此热烈的语言，抒发如此火热的感情，如此直抒胸臆，在他的作品中有，但不多见。

究竟是什么缘故，让他对台州、对台州的紫藤花如此魂牵梦绕？如此情有独钟？台州的紫藤花到底寄托着他怎样不为人知的感情？在临海举行的朱自清文学奖高峰论坛上，有作家提到，据有的专家考证，朱自清在台州期间曾经有过一段刻骨铭心的感情。对此，朱自清的哲孙朱小涛先生哈哈一笑了之。

不管怎样，台州对朱自清而言，是极为重要的。临海当地的学者陈引奭先生指出：在台州的一年，是朱自清人生中重要的一年，他的人生观和文学观在这一年出现了变化。他的"刹那主义"就是在这里提出来的。在台州，他找到了人生与事业的"一条路"。他后来的写作、教学，在抗战初期主持珍贵书籍南迁，最后成为民主战士，都源于他在这里找到的“一条路”。或许，在台州的时光，就是朱自清“龙场悟道”的时候。这里清新秀丽的山水古城，成了朱自清“悟道”的“龙场”。

对陈先生的这一观点，我是赞同的。朱自清后来回想起台州生活时，曾经这样写道：“我正苦于想不出，这却指引我一条路。”在致俞平伯的信中，他直言不讳地对“不管什么法律，什么道德，只求刹那的享乐”的及时行乐思想表示坚决反对。他主张：“第一要使生活的各个过程都有它独立之意义和价值——每一刹那有每一刹那的意义和价值!”他进一步解释他的“刹那主义”：“写字要一笔不错，一笔不乱，走路要一步不急，一步不徐，吃饭要一碗不多，一碗不少；无论何时，无论何地，有不调整的，总竭力立刻求其调整。”

台州优美的山水，淳朴的民风，宁静的环境，深厚的人文底蕴，让他身心放松，让他顿悟人生，让他找到了努力的方向：“丢去玄言，专崇实际。”

4月的临海，春意盎然，草长莺飞，杂花生树。徜徉在东湖公园的湖光水色间，漫步在紫阳街的石板路上，站立在临海古长城的烽火台上，仿佛整个小城都弥漫着紫藤花香，也弥漫着朱自清的气息。

临海人民热爱朱自清、怀念朱自清，专门建了一座朱自清纪念馆。纪念馆不大，但展示了朱自清两度来临海任教的始末，以及他在临海期间创作《匆匆》等文学作品的渊源。

在台州中学西校区（原第六师范学校）校园内，一棵据传是朱自清当年手植的紫藤树依然枝叶扶疏，花香四溢。为纪念这位伟大的文学家，校园里矗立着一尊朱自清的半身铜像，建有一面“匆匆墙”、一座“佩弦楼”。学校的文学社团被命名为“紫藤花文学社”。

2022年春天，在朱自清先生来台州任教100周年之际，临海决定创设“朱自清文学奖”，还特地设立了面向青少年学生的“朱自清紫藤新苗奖”，以此传承、弘扬先生的文学风骨。

据说，紫藤花象征着对爱的执着，这与朱自清先生的气质倒是很吻合的。朱自清是一个很有爱心的人，他爱家人、爱朋友，爱生活、爱大自然，爱一切美好的事物。临海满城的紫藤花香中，弥漫的是朱自清满满的爱。

第三辑　怀乡篇

夜　　行

——故乡杂忆之一

一

对于一个热爱生活的人来说，生活中的一切都能引起他极大的兴趣。比如说，夜晚，对他就有一种微妙的诱惑；而夜行，在他看来则是妙不可言的享受。

假设这是一个月白风清的夏季的夜。月光满窗，微风习习，在屋里自然是坐不住的。出去走走吧——我说的是，去乡间的小路上走一走。

湛蓝的夜空如月光下静静的湖水。虽有清风徐来，然而微波不兴，水平如镜。这“湖水”清亮而透明，罩着乳白色的月光，显得深远而神秘莫测。

弯弯的月牙如一条小船，浮在静静的湖面上。你走，它也走，与你同行；你停，它也停，静静地守候在那里。如旅途中忠实的伴侣，永远陪伴着你；又似乎在准备着，载你到那硕大无朋的湖上去尽情游玩一番——只要你愿意。

月光静静地泻落下来，真像是一团轻盈的水汽，又像是薄薄的晨雾，整个天地间是乳白色的一片。摸摸身上，衣衫微微含湿，透出些许凉意——这时，你会真切地体会到“月光如水”的妙处。

大气在微微地颤动着，似乎被习习的夜风吹动了一般。那风如情人的酥手，轻轻地抚着你的面颊，你的头发，你的肌肤；送过来一缕幽香，微微的，细细的，几乎感觉不到，然而你又真切地感觉到了，而且，那幽香一直充斥于你的鼻腔，似乎盈满了整个大气。

那幽香是从月宫中的桂树上飘下来的吗？

路边的刺槐树的枝叶在夜风中簌簌作响。田野里有许多小虫——那是乡村的无名歌手——在歌唱。偶尔，从哪家的住宅里传出小狗的吠声，轻轻的，柔和的，仿佛被月光惊醒了清梦，又似乎不愿意惊动梦中的乡村……

啊，月夜！啊，夜行！

二

即使是阴霾满天、乌云密布，你也完全不必有丝毫恐惧，也不必大失所望。夜晚的美，不仅仅在于夜景。只要你有心，总能发现夜行的乐趣。

三

跟您说说我的一次夜行吧。

那是一个夏天的晚上，我们航行在家乡的一条河流上。

那一年，我的家乡遭了洪灾。连日的大雨，把成片成片的庄稼地都淹没了，许多宅基不高的人家屋里都是齐踝的水。这条并不算大的河，也是河水暴涨，浑浊的河水几与岸平。

船是小船，只能容纳四五个人。那一天，哥哥和几个小伙子被队上派出去干一件事。少年的我，出于好奇，也跟着他们去了。等到办完事往回赶，天已黑了。

那天是个阴天，天上没有月亮，也没有星星，只有一团团乌云在急急地滚动着；风儿一阵紧似一阵，俨然调兵遣将的统帅。眼看一场大雨就要来了。

但这些丝毫影响不了大家的欢乐情绪。完成任务后的喜悦，长久地笼罩着小伙子们。他们一边把船撑得飞快，一边说说笑笑，打打闹闹，仿佛在展示年轻人旺盛的精力。

终于，大雨下来了。黄豆粒大的雨点，打在船板上，“噼噼啪啪”作响，砸在人身上，一下下的疼。平时温驯得像个乡村姑娘似的小河，这会儿也变得粗野起来，掀起了浪头，一阵阵地向小船进攻，把浑浊、冰凉的河水泼在我们的身上。

哥哥他们让我躲进船篷里——船上唯一可以避雨的地方。他们披上各式雨具——蓑衣、塑料布，甚至围裙，个个担起了一份责任：有的撑船，有的把舵；剩下的，往船外舀水——如果听凭船舱里注满雨水，那就完了。

那些临时找出的“雨衣”，并不能挡住雨水的侵袭。不一会儿，他们身上就湿透了。虽然是夏天，但夜晚还是很凉的，特别是这么一个多雨的夏天。我看见他们的身体在微微颤抖。

但暴雨又能拿小伙子们奈何！不知是谁带的头，小伙子们齐刷刷地脱下了蓑衣，脱下了上衣，脱下了长裤，只穿一条裤头！多么健壮的身躯！与其让湿衣捂出病来，还不如干脆让雨水淋个痛快！

又有谁带头唱起了号子。立刻，有人和起来，两个，三个，四个，连我也哼起来了。“嗬——嗨！”“嗬——嗨！”多么气派！多么有力！和着有力的号子，小船飞快地向前驶去。

黑漆漆的夜如一只庞大的野兽，沉重地压在我们的头顶上。恶浊的浪涛时时袭来，小船如初入大林莽的行人，不时受到葛藤的阻挡，简直是寸步难行了，而且时时有倾覆的危险。但是，在四个乐观的小伙子的调摆下，小船还是顺利地前进着。

夏天的雨，来得快，去得也快。一会儿，风停了，雨住了，连月亮也露出笑脸来了。小河笼罩在牛乳似的月光里，又恢复了文静的面孔。小船静静地行驶着。笑声荡漾在河面上。

不知是谁眼尖，发现远远前方的岸上有灯光。好几只手电筒往河里乱照。侧耳细听，隐隐约约听到焦急的呼唤。多么熟悉的声音！原来是我们的父母不放心，接我们来了。小伙子们陡然长了劲头，把船撑得飞快，朝着灯光前进……

哦，夜行，夜行！如果没有这次夜行，我怎么能看到这些动人的场面，享受到这么多的乐趣呢？

四

如果有可能，我是绝对不会放过夜行的机会的。

只要你真正热爱生活，一定能发现生活里的美！

（1984 年）

家乡的刺槐树

——故乡杂忆之二

一

在我心灵的海洋上，常常有绿色的波涛滚滚流过。那是你吗，家乡的刺槐？

在我感情的琴弦上，常常有铮铮的乐声悠悠扬起。那是你吗，家乡的刺槐？

是我的心里回荡着你绿色的进行曲，还是你超凡的生命力攫取了我的心？家乡的刺槐树，你深深地扎根在我的心田……

二

刺槐树，是我的家乡的树。

在我的家乡，刺槐是随处可见的。田间地头，房前屋后，路边河畔，到处有刺槐坚实而腼腆的身影。一出门，如果看见树，那十有八九就是刺槐。它太平凡了，谁会注意它呢？

可是，如果你细心观察，你不能不惊叹于刺槐的美。挺拔的树干，粗糙的树皮，尖利的小刺，繁茂的树冠。这是一种阳刚之美，一种野性之美，一种奋发向上、充满勃勃生机的美。

在北京故宫的御花园内，我看见过一株奇特的古树——严格地说，是两棵树，在漫长的岁月中，它们渐渐合二为一，成为有名的“连理树”。那奇观，吸引了不少的游人。许多人在这里流连、照相。而我却忽然想起家乡的刺槐来了。刺槐也是美的呀，为什么没有人给它照相呢？

因为刺槐朴素？因为刺槐的满身尖刺？

三

小时候，我曾经从别处挖来一棵幼小的刺槐树苗，栽在我家屋后的小竹园边。粗心的我，此后竟再也没有照料过它，连一次水也没给它浇过，完全忘了它的存在。

好多年过去了，我也长大了。有一天，父亲说：“园子里那棵刺槐太大了，影响竹子生长了，把它砍了吧。”我随父亲去帮忙。看着树，我忽然愣住了。我的记忆之火复燃了。这不是我栽下的那棵树吗？长这么大了，我怎么一直没注意呢？它是怎样成长的呢？

我仰视着这棵刺槐。它的树冠是那样大，突出于竹林之上，占据了很大一块空间，享受着充分的阳光。我想，它的根一定也很发达。刺槐，它不求助于人类，全靠自己努力，上承受着温暖的阳光，下汲取着足够的养分，是自己长大成材的呀。

我把视线投向远处的刺槐树林。它们是怎样长起来的呢？是萌芽于飞鸟嘴里掉落的树籽？还是孕育于春风吹来的果实？或是由我一样粗心的人栽种的？我相信，它们的成长道路一定跟这棵刺槐相同。

刺槐，是大地的儿子。

四

我上小学的时候，学校旁有一座小土山，上面遍布着刺槐树。哦，那可是我们的乐园呀！每当下课或者放学后，我们就爬上土山，在树林里捉迷藏、玩打仗。那时候，学生要学工、学农、学军，我们常常“行军拉练”，也大多在这土山上钻树林。

后来，公社忽然调集了大批民工来削平土山。刺槐被砍光了，土山被夷为平地，种上了庄稼。据说，这是为了大力发展农业。农民们并不满意，我们更不满意了。唉，我们失去了乐园呀！

长大后，我才渐渐明白了，刺槐，岂止是为我们提供了一个乐园，它的用处可大了。且不说为劳乏的农人提供阴凉、为破旧的草屋挡风遮雨吧，它还是打家具、盖房屋的好材料呢。我们上学用的课桌、凳子，都是用刺槐木做的。尽管时间久了，刺槐木容易变形，但人们还是乐意用它。刺槐适应力强，生长快而又实用。桌子或者凳子坏了，随意伐倒一棵刺槐，很快就能做出新的。人们喜爱的，就是它的朴素、实用。

再说说刺槐花吧。这是一种白色的小花，淡雅、素洁。每到夏季，刺槐花一串一串地开了。远远望去，像漫天飘飞的柳絮，似覆盖树枝的雪花，整个村庄都成了花的海洋。刺槐花，不但美，而且是一种可口的小菜，摘回去，炒着吃，烙饼吃，都行，清甜中带着一股淡淡的香气。小时候，家家都穷。春夏之季，青黄不接，刺槐花为多少人家解决过口粮不足的难题啊。现在想起来，回忆中还带着淡淡的香气呢。

刺槐还有更大的用处：它的茎、皮、根、叶、花、果实，都可入药，为人们医治疾病。刺槐叶是很好的饲料，无论是鲜叶还是枯落叶，都为牲畜所喜食。刺槐还是很好的蜜源植物，著名的“槐花蜜”，就是蜜蜂采集刺槐花蜜酿成的。可以说，刺槐全身都是宝，一点废料都没有。

刺槐，你要求于人类的甚少，可为什么能给人类贡献那么多呢？

五

儿时的小伙伴对我说："你还记得老家的刺槐树吗？现在可是少见了。"

是的。如今在我的家乡，已经难觅刺槐的身影了。这些年来，家乡的变化可大了。低矮、破旧的草屋不见了，代之以漂亮、舒适的瓦房。人们的生活好了，再也不用为填饱肚子发愁了。但是随之而来的，是环境的污染和生态的日益恶化。清澈见底、鱼虾嬉戏的小河，变成了污浊不堪、鱼虾不生的臭水沟；道路两旁成排的刺槐不见了，硬邦邦的水泥路在太阳底下蒸腾着窒人的热气。刺槐树哪儿去了？似乎谁也说不明白。问起来，答曰："现在谁还用刺槐木？"

可是我总也忘不了家乡的刺槐。在那个贫穷的年代，它填饱过我饥饿的肚子；在我灰暗的童年，它给了我多少乐趣！我是在刺槐的怀抱中长大的呀，我能忘记人生中遇到的很多东西，独不能忘记家乡的刺槐！它坚强的性格给了我巨大的力量，使我这么多年来不畏艰难，一路前行。我要用我这支无力的笔，为故乡的刺槐写下一点苍白的文字，怀念心中那永远的绿色！

六

刺槐树也值得写吗，那么土气的树？

怎么说呢，朋友？有人歌颂那参天的大树，也有人赞美那贴地的小草；有人喜爱那雍容华贵的牡丹，也有人怜爱那质朴无华的野花。我身上至少还有刺槐淡淡的影子，我的笔下当然可以流出刺槐绿色的歌。

七

让那绿色的波涛在我心灵的海洋中涌动吧，让它荡涤我的心灵；让那铮铮的乐声从我情感的琴弦上扬起吧，让它砥砺我的意志；让家乡的刺槐——那绿色的灵魂，永远深深地扎根于我的心田……

（1984 年）

别　　情

——故乡杂忆之三

那一天凌晨，正是黎明前最黑暗的时刻，我怀揣着大学录取通知书，告别亲人，踏上了赴校的漫漫长途。

姐姐特地从家里赶来为我送行——她把正在生病的一岁的儿子丢在家里，来为我送行。

动身前一天的晚上，家里人都到深夜才睡。本来，接到通知书后，一切都准备好了。可父亲母亲不放心，生怕有什么东西落下了。母亲说：“到了北京可不比在县里读书……”说着，眼眶又红了。

在父母的催促下，我和哥哥早早就睡下了——我们明天要早起去长途汽车站。我躺在床上，哪里睡得着？只听见外屋父亲、母亲和姐姐的低语声，还有隐隐约约的叹息声。一时，外面又有了雨声，开始很小，后来竟渐渐大起来，雨点打在树叶、竹叶上，“啪啪”地响。一会儿，母亲蹑手蹑脚地走进来，站在床边看我；我便侧身朝里，很粗地呼吸，假装睡着了。这样静静地过了一会儿，又有了轻轻的脚步声——母亲吸着鼻子出去了。我就这么睁着眼睛躺着，听着这些声音，想象着有生以来的第一次远行，心里很迷乱，不知是紧张，还是兴奋，在床上翻来覆去，把床板压得吱吱叫。

我不知何时才迷迷糊糊地入睡，不知何时又迷迷糊糊地醒来。窗外仍是滴滴答答的雨声和呜咽似的风声。外屋仍亮着灯。鼻腔中是饭香、菜香。只听母亲说道：“把孩子叫醒吧。”

“让他们再睡一会儿吧，早着呢。”这是父亲的声音。

“苦就苦这么一回吧，赶不上车就麻烦了。”母亲的话是无可奈何的。

父亲把我们叫起。母亲说，天下雨，路上恐怕不好走，不如早些动身，到学校再休息。

早饭很丰盛，是米饭、炖肉和炒菜。可是我哪里吃得下！只勉强吃了点。两个哥哥早已穿好雨衣，扶着自行车，在外面等着。父亲执意要送我们一程，也拿着手电筒，在外面等着。

该动身了。

姐姐帮我穿好雨衣。我站在门口，看着哥哥他们，他们也在黑暗中看着我；我回过头来再看看屋里——

桌上的煤油灯，大概灯油快干了，灯光渐渐地暗淡下去；摇曳的灯光下，屋里忽明忽暗。母亲坐在桌旁，一动不动，如雕塑一般；眼睛看着地上，定定的，无神的，一声不吭。姐姐坐在母亲身旁，眼眶红红的，也低着头。

我的脑子一刹那变得非常迟钝，血液似乎凝住了，脑海里一片空白，什么话也想不出了。好容易憋出一句：

“妈，我走了。”

母亲似乎没有听见，仍定定地看着地上。过了好久，才低低地应了一声：“好的。”

我的鼻子一下子酸了。我咬着嘴唇。姐姐也抬起头，吩咐我：“到学校立即写信回来。”

“嗯。”我使劲地点了下头，不敢多语，一转身，便走进黑暗里，再也没有回头。

我们上路了。

那时才凌晨四点多钟，天黑得很，不时地有一股凉风吹来，雨不紧不慢地下着。路旁边是条小河，河水静悄悄地沉在梦里；河边的芦苇也在风中摇曳而且低吟着。

父亲在前面领路，我跟在后面，再后面就是推着自行车的大哥、二哥。雨衣在身上摩擦着，发出令人讨厌的“呼啦呼啦”的声音；自行车的链条“咯咯”地哼着，似乎想唱一支歌，但总也唱不全——因为烂泥巴不住地粘在车轮上。

父亲打着雨伞，在前面慢慢走着。手电筒的光束一闪一闪的，黑暗中，只看见他模糊的背影。但他的谨慎、小心便是黑夜也掩不住的。他走得那样慢，脚步是摸索着向前的。每遇着一个小水洼，他就用手电筒一照，示意我们绕过去。我并没怎么踩到水洼，可他的脚上、腿上肯定溅了不少泥水。

出村了。

大哥对父亲说：“父啊，你回去吧，不用送了。”父亲抬头看看天，说：“再送一程吧。”说完他又在前头走了。

这时，我浑身突然冷起来，如掉进冰窟窿里，直打哆嗦，牙齿“咯咯”打架，说不出话来。我回首望望村庄，村庄被夜的黑面纱裹着，不肯对我露出真面目。朦朦胧胧的，倒有点让人留恋。我想起了家中的母亲，这时该在灯下垂泪吧？我的牙齿响得更厉害了。

我们又走了一程。天渐渐亮了。雨停了，东方露出鱼肚白。在哥哥们的劝说下，父亲终于停下了脚步。

“我回去了。”父亲看着我，说：“到校后立即写信回来。”

我说不出一个字来。我的牙齿在“咯咯”打架，我尽力咬紧牙关，不让父亲看出来。父亲往回走了几步，忽然又停下来，对我说：

“路上小心啊。这土路上不能骑车就不要骑，到公路上蹬快点。”

说完，他走了。

看着父亲远去的背影，我想流泪，可流不出。我的身子在颤抖。

到北京后，我便赶紧给家里写信，报告我旅途的情形。不久，我接到了哥哥的回信。他在信中说：“那天送走你后，回到家里，父亲便趴在床上大哭，我们也跟着流泪。我们长这么大还没见父亲哭过，这是头一回……母亲也病倒了。那些日子，她硬是撑着为你准备行装，你一走她就倒下了。”过了些日子，父亲又来信说：“你妈妈和我很不放心，问你现在冬衣置全了没有。”捧读家书，晶莹泪光中，我似乎又看到了暗淡的灯光下母亲无神的眼和黑暗中父亲模糊的背影……

我闭上眼，不敢面对这样的眼神、这样的背影……

（1984 年）

外 婆 家

——故乡杂忆之四

从我家向北走十几分钟，就是一条无名的小河。这是我们这个村的最北边，也是我们这个县的最北边，过了河就进入邻县的地界了。但在我们这些小孩子的心里没有这些概念，我们叫它们“河南”“河北”。

河很窄，水很清、很浅，河上没有桥，但是有一道土坝，土坝中间有涵洞，通常情况下可以走过去；遇到下雨天，河水涨了，淹了土坝，挽起裤腿脱了鞋，蹚水也能过去。大人们担心孩子的安全，遇上下雨天就不让我们走这条近路，我们只好绕道东边的那条大路，那边有一座小桥。虽然远了一点，但是也没关系，不过多走十几分钟罢了。我们一样很开心。

小河两边，是一模一样的景象。都是大片大片的农田，都是沿河两岸一字排开的土墙草房，都是一样在地里劳作的农民，外人根本看不出区别。可是在幼年的我眼里，河南、河北可大不一样。河北是令人向往的人间福地。

因为，我的外婆家就在河北。

过了小河，向北再走二十分钟，就是外婆家了。外婆家在一条南北向的小河东岸，三间土墙草房，跟前后各家各户的房子“长”得一模一样，以至于幼时的我经常进错人家。可是，就是这普通得不能再普通的草房子，对我却充满了魅力，吸引着我过些日子就想去。

外婆家有好吃的。

小的时候，家里穷，缺衣少食。我记得那时，一天三顿都是用玉米面熬的稀粥，里面撒了几粒米，没有干货、没有油水，喝下去不多时，肚子就饿得咕咕叫。可是到外婆家就不一样了，不但有白米饭，还有红烧肉、蒸蛋羹、煮小鱼，香得我恨不得连舌头都吃下去。那时我不懂事，不知道这是客人才有的待遇，以为外婆家天天都过这样的好日子，所以隔三岔五老喜欢往外婆家跑。

外婆家不光有好吃的，还有好玩的。我的小舅小姨，那时候也就十七八岁，虽然还没结婚，但是已经成为家中的劳动力了。他们都喜欢我，有空就带着我玩。有一次，小姨不知道因为什么事情惹恼了我，被我追着满地里跑，这件事成为此后多年的笑谈。我都参加工作了，回去他们还会说起来。外婆家西边的小河，水不深，两岸长满了芦苇。夏天，小舅就带我下河游水、摸鱼。河水又清又凉，透过水面能看到水中游来游去的小鱼、小虾；河底泥里，有好多河蚌、螺蛳。我们带着网兜、铲子、鱼篓，每次都收获满满。抓来的小鱼、小虾、河蚌、螺蛳，用清水养着，等它们把污泥吐干净了，就成为我们的美食，几天都吃不完。

外婆家的人都善良、长寿，在当地很受人尊重。外婆的母亲（我们叫她太婆婆）和外婆的婆婆（我们叫她太太），都活到九十多岁；我外公也活到八十多岁。只有外婆，身体不好，好像是得了肺气肿，七十多岁就去世了。可能是因为长期受着疾病的折磨，外婆的脾气不大好，经常唠唠叨叨的，可是我一点也不怕她。外婆喜欢笑，她满脸皱纹，沟壑纵横，一笑起来皱纹都挤到一块儿了。她又有点眨巴眼，所以在我看来她充满了喜感。小时候我都是跟外婆一起睡，经常半夜尿床了，或者吃多了吐了，她就半夜起来一边收拾床单，一边嘀嘀咕咕地说我，我并不在意，反正我一会儿又睡着了。

外公外婆最大的憾事，是我的妈妈嫁得不好。外公外婆有三儿三女，我妈是老大。我的爷爷是邻县远近有名的木匠，家底殷实；我的父亲是家中的独子，是徐家唯一的财产继承人。外公外婆以为女儿嫁到这样的人家，以后肯定吃穿不愁了，所以就把他们的大女儿、我的妈妈从“河北”嫁到了“河南”。谁料我的爷爷奶奶太宠爱儿子，不舍得让他吃苦学艺。后来爷爷家里家道中落，孩子又多，生活很困难。这事成了外公外婆心里永远的痛，他们认为哪儿都不如本地好，所以后来都没让我的二姨、三姨嫁出本县。外公心硬，不喜欢我父亲这个女婿，连带着对我们这些孩子也没好脸色；外婆心善，虽然恨铁不成钢，但是心疼女儿和外孙，经常把我们接到家里去住几天，改善一下伙食。她常常眨巴着眼睛，唠叨着父亲不争气，让我的母亲和我们跟着受苦，说着就开始抹眼泪。

外婆的邻居们也都很好。在当地，外公家是一个大家族，他家前后一大片人家都是他的本家，自然也是我家的亲戚了。不管是本家还是别的邻居，对我们都很好。每次见到我们，老远就热情地打招呼：“大姑娘来了!”“细相公真痛!”——“姑娘”，是对别人家晚辈女子的昵称，不管她是否已嫁；我妈排行老大，自然是“大姑娘”。“相公”，是对别人家年轻男子的昵称，“细相公”就是“小相公”。“痛”，就是“可爱”的意思。他们会热情地邀请我们去家里“耍子”、吃花生、吃瓜子、吃糖果；家里做了好吃的也会盛了送过来叫我们吃。那些爷爷奶奶、大伯大妈、叔叔婶婶、哥哥姐姐们，我至今都不知道他们的名字，可是他们都拿我当自家的小孩子一样，我可以随便到任何一家去玩去吃，完全没有陌生感。

在上小学之前，我多半时间都是在外婆家度过的，已经把外婆家当成自己的家了。在外婆家度过的那些快乐的日子，给我留下了终生难忘的温暖的记忆。虽然外公外婆已经去世二十多年了，但我永远也忘不了他们！我时时想念外婆，想念她的乡亲们，想念在外婆家的幸福生活。有一次，我梦见外公外婆，他们住在一个清澈的湖边，银色的月光给他们披上了一层薄薄的衣衫，天地间一片澄净祥和。我知道，他们已经进天堂了，他们在那边生活得很幸福。我还写过一篇题为《桥》的短篇小说，把这些美好的童年回忆糅合在里面，受到了评论家的高度评价。有论者指出："那种宁静清澈、逍遥自在的田园生活，加上孩子们的无瑕纯真，使得整篇小说流淌着一股孩童般单纯天真的气息，具有一种朴茂清约的自然之美。"

不管时间如何流逝，我都不会忘记在外婆家的快乐时光，不会忘记那一群淳朴而善良的人。

（2016 年）

锹儿站，家里喊

——故乡杂忆之五

从前农村的孩子，一般很早就能帮父母做很多事了，诸如洗衣、烧饭、扫地、喂猪、喂羊、喂鸡、喂鸭……这些活儿几乎都由孩子们包了。在我的童年、少年时代，孩子们还担负着一项很重要的任务：挖猪草。

听说有些地方的猪是放养的，让它们到野外自己找草吃，那倒挺省事的；我们老家可不是这样的。我们那里，猪一律是圈养的，猪在圈里整天除了吃就是睡。这圈养的方法，很利于猪长膘，却苦了我们做孩子的：天天要提了竹篮子，到地里去挖猪草。猪草洗净晾干后，切碎了，拌着饲料喂猪。两头一百多斤的猪，一天得吃一大筐草，而这一大筐草就要由小孩们去挖回来，大人是没空也不屑干这种轻巧活儿的。

劳苦的父母们，每天早早下地干活前，总要顺便叫醒孩子们，叫他们去挖猪草。夏日的早晨，你听吧：

“二小，还不快起来去挖猪草，等会儿天热了又挖不成!”——这是很不耐烦的语气。

“三儿，起来吧！趁早凉去挖点猪草，回来再睡。”——这是带着心疼的语气。

怨不得父母心狠，农村人没有财路，就指望着这两头猪啊！

顺便说一下，那时孩子多，很多父母图省事，连小名都懒得给孩子起，就“二小”“三儿”这么叫着。挖猪草这样的活儿是小的孩子干的，等长到十几岁了就要跟大人一样干农活了。

因此，在我们那儿，孩子们几乎个个都是挖草能手。

我小时候也常常挖猪草。我是家里最小的，家务活儿自有哥哥姐姐们做。不过挖猪草这事儿非同一般，他们顾不过来，有时也会落到我头上。于是，我便拎一个最小的竹篮，随小伙伴们下田去。

挖猪草最好的时间是在清晨，太阳将升未升之际，晓风拂面，毛茸茸的草叶上挂着晶莹的露珠，光脚丫子踩上去，一股凉意从脚下蹿到头顶，使人一下子睡意全消，蒙眬的睡眼睁开了，劲头也上来了。晚上挖草当然也好，可那时候的草就不如早上的鲜嫩了。

在农村，挖猪草是一件轻松的活计，所以才由孩子们承担。不过在我们看来，那仍然是一件苦差事。要长时间弯着腰不说，最苦的是小手往往被草叶的毛边划得火辣辣的疼。好在我们玩心重，总能苦中作乐，把挖猪草这样的苦差事变成一场有趣的游戏。如果没有“玩”的内容，干什么都没劲了。小伙伴们会根据自家的条件，分别带上军棋、象棋、跳棋、扑克、花生、蚕豆、大豆、火柴……这些东西都是背着父母偷偷带上的，花生、蚕豆之类的还是“偷”来的。带着干啥？玩呗！吃呗！

到了地里，先拣块草多的地方，猛干一气；看看挖得差不多有大半篮了，便歇下手来，找个阴凉地方，拿出早就藏在某个隐秘地方的旧汤罐（旧式灶台上利用灶火烧水用的器皿，也可用来煮别的东西），用碎砖块支好，做成一个临时灶台；把花生、豆子倒进罐里，用捡来的枯树枝在汤罐下面生上火，由一个孩子负责，边烧火边用小木棍在罐里搅动；别的孩子坐下来，打扑克、下棋。不一会儿，花生、豆子便在罐里欢叫着跳动了，香气扑鼻。于是便灭了火，把花生、豆子倒在一张旧报纸上。大家顾不得花生、豆子还在冒着青烟，抓起来就往嘴里送。孩子们烫得眼泪滚下来了，嘴唇吃得黑黑的，玩得也更起劲了，你争我夺地几乎吵翻了天。等吃完了花生、豆子，半天时间也差不多过去了，再去挖一点猪草，虚虚地把篮子填满，便回家了。

更有趣的是玩打仗。十来个小伙伴分成两队，分别埋伏在一条小河两边的高岸下。每队有“指挥员”“战士”和“弹药手”。大伙儿把草倒在一起，腾出篮子给“弹药手”运输手榴弹——小土块。准备妥当了，两位“军官”互相通通气，然后高喊一声：“打——”密集的“手榴弹”便接二连三地飞向“敌人”阵地。几分钟过后，一方的脑袋都埋下去了，不还击了，另一方便欢呼起来：“敌人失败喽——”冷不防，对方的“手榴弹”又如雨点般飞过来了，这样“战斗”又继续下去。到最后，打得难分难解，不分胜负，两边便一齐高呼：“我们胜利喽！我们胜利喽！”战斗就不了了之。然后，大家便分猪草。我一般挖得最少，所以总能尝到甜头，往往能分到半篮草，蓬松松的有大半篮，然后喜洋洋地回家了。

孩子们玩的花样当然不止这一些，还有一种是玩“锹儿站”。这种游戏极其简单，不知别的地方有没有。它的规则是这样的：首先，几个人凑成一伙儿，在地上挖一个小坑，每个人从自己的篮子里抓一把猪草填进坑里；其次，通过“手心手背”或者“石头剪刀布”决定参赛的先后顺序，然后开始比赛；小朋友们按照自己排到的序号，一个个轮流站在坑边，一手拎住挖草用的小铁锹的木柄，升至自己胸口处；这时，别的小朋友就一边拍手，一边唱道：“锹儿站，家里喊；锹儿倒，家里找。”参赛的孩子手一松，小铁锹掉下去了；如果小铁锹能竖着插进坑里（站住了），他就赢了，坑里的草就归他，接着大家再把坑里填上草，轮到下一个人玩；如果小铁锹倒了，他就输了。这个游戏看似简单，其实也有一定难度，小铁锹“站住”的概率并不高，有时候一轮下来一把“站住”的都没有。一个人如果运气好的话，几轮下来可以赢回小半篮猪草；运气不好的也许会一直输下去。这对于会挖草的孩子来说不算什么，我们不会挖草的却拿了棒槌当了针（真），一心想赢回一篮猪草来；可是往往事与愿违，越是想赢越是输得多，最后连老本都输光了，只好垂头丧气地顶着大太阳再去挖草。回想那时的神情，真像一个赌棍似的！

童年的趣事，现在想起来，一个人还禁不住哧哧地笑。其实，这些游戏都很简单，可是那时候我们却玩得乐此不疲。在我们那普遍贫困的童年时代，除了这一点点缀，又还有什么乐趣呢？

（2015年）

日暮乡关何处是

——关于一座村庄的思考

一

寒风凛冽，寒意刺骨。站在一大片沉睡的农田前，我思绪万千。

这里，曾经是我的老家，现在已被夷为平地；这里，曾经是我的村庄，现在已不见踪影。

这是2016年2月14日，农历正月初七。我回到我出生的地方，去寻找我的村庄。

我的老家在江苏东部江海平原的乡村。四年前，在一场声势浩大的拆迁浪潮中，我老家房屋跟6500多座农屋一起变成残砖废瓦。一座建了两年多的两层小楼变成几十万元人民币，而我的父母和他们的邻居们一起，都搬到县城附近的一个大型小区，变成了准城里人。拆迁腾出来的8538亩农用地、8000多亩建设用地，被政府用来建设“万顷良田”工程，采取承包的方式，发展规模化、集约化、高效化农业。

客观地说，拆迁之后，老家的居住条件、交通条件、生活条件都大为改善。政府给的拆迁补偿款还算充裕，我家用这笔钱买了一套两层200多平方米的单元房后，还有一些盈余。小区紧邻一条国道、一条高速公路和多条一般公路，交通极为便利，但是我还是想念我生于斯长于斯的那个村庄。虽然我知道，那里除了大片大片的农田已无一户农家，但是我还是想去看看，看看它现在究竟变成什么样了。

那天早上，吃过早饭，侄子就开车带我出发了。我的村庄位于本市（县级市）的大西北，西、北两个方向都与邻县接壤。从位于县城北郊的小区出来，沿着公路西行，一路房屋渐渐稀少，公路两侧是大片大片的农田。再向北是一条东西向的小河，过了河顺着河边的乡间简易公路继续西行，就离我家越来越近了。小河很窄，但由东向西绵延很长，一直到我家门前。至今我们都不知道它叫什么名字，从何而来。小河在我家南面，姑且叫它“南河”吧。河面结着薄薄的冰，看得出水还是比较干净的。回想起拆迁之前回老家，看到的河水是污浊的。小河两岸，目力所及，已经见不到房屋，只有一望无际的农田，种着庄稼，估计是小麦。

汽车终于开到了小河的尽头——一个“丁”字路口。这条路是本市通往邻县的一条乡间公路，从“丁”字路口右拐向北继续前行就可以去往邻县。过去此处属于交通要道，白天黑夜有各种车辆不停地驶过。起初是自行车、拖拉机，然后是摩托车、卡车，后来有了面包车、小轿车，大多很旧，偶尔也有光鲜一点的。“丁”字路口的东北角，就是过去我家所在地了。我家的房屋，以及屋后的竹园，曾经是一个路标。现在，这一切已经荡然无存。

我们下车，冒着严寒，四处张望，一边感慨，一边拿出手机“咔咔”地照相。这里，全部变成了农田，一点都看不出当年的痕迹了。如果我是一个外来者，完全想象不出这里曾经是密集的居住地。在我家东边，有一条南北向的小河，姑且称之为“东河”，与南河形成“T”字形。由东河到公路之间，顺着南河北岸，一字排开有四户人家。现在，我看着这短短的距离，无论如何也想象不出这里当年何以能够住下四户人家。

寒风呼啸着直往领子里钻，厚厚的羽绒服也挡不住袭人的寒意，拿着手机的手冻得发僵。我们匆匆拍了几张照片，便赶紧上车，顺着河南岸的公路返回。河中停着一艘船，相对于这样的小河来说，算是一艘大船，船上有集装箱房。侄子告诉我，这条河已经被人承包用来养鱼了，承包人就住在这艘“房船”上。想到这条河里的水曾经被污染得不能饮用，水里的鱼当地百姓都不敢吃，真的很感慨！然后看到当年村委会所在地边的两座小石桥，仍然完好无损地立在河面上，我又下来照了几张相。车又往前开了一段，小河以南的农田里出现了一群劳作的农民，大概有二十多个。这是我们这一路以来唯一一次看到的农人，估计是承包商雇佣的农民。我们摇下车窗照相。农民们一点也不怯生。他们大声地问我们是不是记者，是从哪儿来的，我如实地回答了他们，然后挥手再见。很惭愧，北风呼啸，我实在是鼓不起勇气走进严寒里，只是在车里跟他们聊了几句就匆匆离开。与家乡的父老乡亲相比，我实在是太娇贵了。

一路上，我的脑海里不断回想起鲁迅的《故乡》，回想起《故乡》里描述的情景。同样是深冬，同样是阴晦的天气，同样是“呜呜”的冷风，同样是苍黄的天，同样是萧索的荒村——不，连萧索的荒村都没有，干脆就没有村庄。可是很奇怪，我并没有产生想象中应该出现的那种悲凉的情绪，也没有当下最时髦的乡愁。我记得，若干年前，当我的村庄还在的时候，每年冬天回来，我的心情都很悲凉。可是今天我没有。当然我也没有特别的欣喜，我的心情很平静，一点波澜也没有。

可是，在我的内心深处，总是隐隐约约觉得哪里不对劲，或者说，有一点隐痛。可是当我使劲寻找，它却不知藏身何处。

我的故乡，田园犹在，只是，村庄消失了。我是该庆幸还是该惋惜？

二

其实，说村庄消失了，未免有点矫情。因为，在我的故乡，我从来就没有过“村庄”的感觉。

我的故乡，地少人多。记得幼时，河汊密布，出门就是水，人们多逐水而居。后来大概是大力发展农业的原因，很多小河小沟被填了，主要的河流只剩下了南河和东河，另外还有一些不长的小河。可能是统一规划的缘故，所有的人家都住在河边。南河、东河两岸，一幢房子接着一幢房子，一字排开，每家之间几乎紧挨着。最早多是三间或四间草房，后来是瓦房、楼房。几乎没有人家有院子，当然也就没有围墙。

当人民公社还在的时候，每个大队被分成若干个生产队，各个生产队相对集中居住在一个区域。比如我家所在的四队，就在南河北边、东河西边这一块；河东是九队；河南是一队、三队。至于有没有别的生产队，如果有的话它们在哪里，我是一点也想不起来了。每个生产队有一个仓库，仓库旁边有牛圈，有值班室，仓库前面则是一个大的麦场，这是队里唯一的公共活动场所，队里的会议、文艺演出都在这里举行。等到公社解散了，连这个场地也没有了。也许是多年的习惯使然，大家还是叫着“大队”，很少有人叫“村”，我的脑子里也没有村的概念。

等我后来从小说里、电影里，看到北方的农村时，我非常惊讶，原来所谓的村子是这样的！那边的村庄，就像城堡一样，是相对封闭的，各家各户都聚居在一起。村庄有村口，外人要进村，就得从村口进来。如果适当防卫，外人是很难进来的。所以，在电影《地道战》中，有那句流传至今的台词：“鬼子进村喽——”村庄里，有巷子，还有街道。前街后街，东街西街，就像城里一样。每家每户都有院子，家境好一点的有院墙和院门，差一点的也有篱笆墙。那里的孩子们，还可以利用这样的建筑和地形结构捉迷藏，多了一份乐趣。反过来看我的家乡，哪有什么村庄啊，完全是开放式的，四通八达，外人可以从任何一个方向进来——不，不是“进来”，而是“过来”，因为根本就无村可进。我们也无法“躲猫猫”，因为根本就无处可藏，除非躲到人家屋里。这不免让我对自己的家乡产生了一丝失望，对北方乡村充满羡慕。

到后来，当我有机会看到全国各地风格各异、历史或长或短的古村落时，我对家乡的所谓“村庄”更加绝望了。与那些古色古香、历史悠久、文化积淀深厚的古村落相比，我们那儿连村庄都算不上！那些千篇一律的房屋，毫无特色，没有任何美感。

当然，幼时的我们并没有想这么多，我们自有我们的乐趣。家乡的地貌是一马平川的平原，小学旁边的一个小土丘就成了我们眼里的小山。我们在小土丘上钻树林、玩打仗，不亦乐乎。生产队里的小河也是我们的“战场”。我们几个小伙伴分属敌我两个阵营，分别趴在小河两岸，向对方“开火”；当一方“指挥员”发出“冲啊！”的号令后，双方就发起冲锋，展开肉搏战，直至一方认输为止。

门前的小河更是小伙伴们的乐园。每到夏天，我们就脱得光光的，跳到河里游水、玩耍。河水清清，可以看到河底的沙土，看到水中漂浮的水草和游来游去的小鱼小虾，有一次还与一条小蛇不期而遇。小河不宽，我们可以从南岸到北岸连游好几个来回。有时憋一口长气，潜入水下，从河底爬到对岸。玩累了，用自制的鱼钩钓几条小鱼小虾，拿回家就能做一顿美味的佐餐小菜。

小孩子的心总是很容易满足的。虽然没有北方那样城堡似的村庄，但是我们在田野里、小河里也能找到自己的乐趣。

这么多年来，最让我留恋的，还是乡亲们的单纯、淳朴、真诚、善良，是他们的吃苦耐劳、幽默知足，是那种亲如一家的邻里关系。我对其他地方的人民没有深入的了解，我始终认为，我的乡亲们是天下最好的人。除了极个别大家公认的恶人外，我真想不出他们中还有其他的坏人。我的家乡曾经遍布刺槐。我的乡亲们就像刺槐一样淳朴，像刺槐一样笨拙，像刺槐一样憨厚，像刺槐一样本分。他们没有文化，不善言辞，胆小怕事，但是他们的心地是多么善良！小的时候，家家都穷，但凡谁家做点好吃的，一定会先送给左邻右舍尝尝。我记得有一次，一位大婶家炸了麻团（一种用糯米粉做的油炸品），恰巧我从她家门前经过，大婶非拉我去家里吃，我不肯去，她便用筷子串了一串送给我。我在前面跑，她在后面追，一直追到我家里，躲无可躲，我才在母亲的劝说下接过来。他们对别人的好，是那种掏心窝子的好。谁家有事，邻居会自发上门帮忙。要是哪家有人老了，那些多年的老伙计会上门来默默地坐着，陪着逝者，一句话也不说，只是那么沉默地坐着，偶尔叹一口气；妇女们则会陪着家里的女人们流泪，安慰她们，帮着她们折纸钱、干活。他们是那么勤劳，从来也不把劳作视为苦差事。那些特别勤快的人，简直一秒也闲不住。我的二姑父就是这样一个勤快人。他有一门扎笤帚、编簸箕的手艺。每次来我家，除了吃饭，他都在不停地干活，给我家把一年用的笤帚、簸箕都做好了。我的父亲也是出名的勤快人，他生前曾到北京来住过几年，劳作了一辈子，我想让他享几年清福。可是他一旦闲下来，就浑身难受，家里的那点家务活简直不够他“塞牙缝”。回到家乡那片土地上后，他才找到了感觉。

多年以后，当我在远离家乡的异地回想起我在家乡的童年生活时，想起那些质朴而善良的乡亲，我的心里还是无限温暖，以至一次次双眸湿润。

三

如果我按照前面的思路写下去的话，很容易写出一篇充满温馨回忆的美文来，把我的家乡描绘得如同人间乐园一般。这正是很多人乐此不疲的事情。然而事实上，我的童年远非这么美好，这些美好的童年回忆只是苦难岁月中的一点点微弱亮色而已。我的童年是在饥饿和贫穷中度过的，即使经过岁月的沉淀，即使我努力过滤掉童年的苦日子，我还是无法忘记当年挨饿的感觉，无法忘记贫穷带来的耻辱。我努力不去回忆痛苦，并不代表我已经忘记了痛苦。现在很多人在呼唤乡愁的时候，动辄把过去的乡村描绘得像世外桃源一般美好和幸福，我不知道是他们所处的乡村确实如此，还是他们的记忆出现了混乱。

在相当长的时期中，贫穷和饥饿是中国人民特别是中国农民共同的记忆。回顾历史，只有很少朝代的农村是富庶的。即使是在被称为“鱼米之乡”的我的家乡，也是如此；即使是在“文化大革命”结束之后好多年内，也是如此。我从考上县城的重点中学，此后上大学、参加工作，最盼的是回家，最怕的也是回家。每次回家，看到家乡的破败、家乡的贫穷落后，看到一家一家破旧的草屋，听着父母哀叹生活的艰难，我的心就一下一下地往下沉。尤其是冬天回家，那种感觉就跟鲁迅《故乡》里写的一模一样，无限悲凉。

如果这就是一些人呼唤的乡村的话，我宁可不要这种乡村；如果这就是一些人念念不忘的乡愁的话，我宁可不要这么愁！我坚信绝大多数中国农民更不需要这种愁！

当然，这样的状况在慢慢改变，我的心境也在慢慢改变。农民的生活慢慢变好了，一家一家的草房慢慢变成瓦房。到后来，一家一家的瓦房又变成了楼房。

大概在十几年前，家乡的面貌终于有了很大的变化，农民的生活有了很大的改善。当地政府在发展经济、改善民生方面确实功不可没。此后每次回家，看到家乡的变化，心中就异常欣喜。我衷心地感谢当地政府，终于带领家乡父老改变了贫穷落后的面貌。

然而，家乡人民为这来之不易的温饱，也付出了巨大的代价。这也是全国农村出现的共同问题，并非我家乡所独有。

最严重的是污染。这并不是指工业污染，而是农民们自己导致的污染。我的村子地理位置偏僻，没有受到工业的污染，但是富裕起来的农民普遍没有环保意识，他们把自己家的垃圾、脏水随意往河边倒，污染了土地，污染了河水。没有人去教育他们，也没有人去管理他们。我小时候那么喜欢的清清小河变成了臭河，没有人敢下河游泳了，河水、井水不能喝了，河里的鱼没人敢吃了。因为滥用农药和化肥，土地也被污染了。农民有自己专用的地，用来给自己家人种粮食。他们专门养两头猪，供自己和家人吃肉。

还有乡村伦理的沦丧。在漫长的农耕时代，家乡形成了一整套不成文的乡村伦理，成为村民们共同遵守的道德准则。比如孝顺、诚实、友善、勤劳、节俭等。忤逆长辈，好吃懒做，欺骗他人，挥霍浪费，以强凌弱，这些行为会遭到普遍的唾弃。然而近十几年来，这些道德规范已经基本土崩瓦解。不孝顺长辈的人多了，游手好闲的人多了，赌博的人多了，骗子也比过去多了。有虐待老母者，待之不如猪狗，不给她饭吃，动辄打骂，污言秽语不堪入耳。村人皆怜之，却爱莫能助。我的母亲心善，有时会偷偷地叫她到我们家吃饭，还不敢让那个孽子知道。

刚刚解决温饱的乡村，又陷入了另一种贫困，我不知道我心目中的村庄在哪里。

四

现在，记忆中原本就模模糊糊的村庄，已经彻底消失了。

我们现在居住的这个小区，是当地的拆迁安置示范区。小区规模很大，据说有一万多名居民，配套设施齐全，绿化面积大，环境还算不错，是当地政府对外宣传的窗口，曾有国家领导人来此视察。

长期与土地打交道的农民，很快就习惯了城里人的生活，虽然他们身上免不了还有农民的习惯。年轻人出去打工，有的去了远方的大城市，扔下老婆孩子和老人在家里，一年回来一两次。不愿出远门的，在附近的企业总能找到一份工作。他们早出晚归，开着小汽车，穿着时髦，拿着最新款的手机，几乎与城里人毫无二致。小区里还是老人居多，他们在楼下晒着太阳，打打牌，聊聊天，一天天消磨着时光。那些过去勤快得闲不下来的老人，在自家屋前草地上种点花，种点树，种点蔬菜，莳弄着它们，给无所事事的双手一点点安慰。这样的生活，对于穷了几十年的乡人们来说，是再幸福不过了。

那些腾出来的大片大片的土地，被有钱的老板承包下来了。他们享受着政府给予的优惠政策，雇佣一些农民为他们种地，把过去一家一户的个体生产变成了规模化、集约化的大生产。这也正是我们过去梦寐以求的生产方式。不过听说，有的老板承包了土地，用完了两年优惠政策后就跑了，扔下的农田没人种。这只是听说，我并没有亲见抛荒的土地。

无论如何，不管出现什么情况，我相信消失的村庄不会再回来了，进了城的农民们大多不会再回到当初的土地上去了。诗人们怀念的“阡陌交通，鸡犬相闻”的农家景象不会再回来了。这毕竟是时代进步的标志，是多少代人企盼的生活啊！

现在，“乡愁”成了一个时髦的词汇。确实，在推进城镇化的进程中，一座座村庄消失了，这的确是一件令人遗憾的事情。在提高农民生活水平和保护村庄之间，怎么找到一个平衡点，确实考验领导者的智慧。如何才能做到“望得见山、看得见水、记得住乡愁”？

记得住乡愁，首先要保住我们美丽的乡村，要留得住青山，存得住绿水。这些年来，在新农村建设的名义下，那些承载着历史和文化记忆的古村落急剧消失，让人痛心！如果在建设的同时再来一次新的破坏和污染，那将与其目标背道而驰。从我的观察看，家乡在农村环境保护方面做得是好的。家乡没有古村落，政府把农民大规模迁移后，并没有用换来的土地建设工业企业，而是用来发展大农业，使原本面临抛荒的土地有人耕种。这无疑是一条正确的道路。农民集中居住了，农村并没有消失。这不但保护了耕地，也保证了粮食安全。

在开发过程中，不但没有出现新的污染，而且农村环境还有所好转，河水的变清就是一个明证。现在我担心的是在种植中是否还在滥用化肥和农药，如果这一点能杜绝的话，真是善莫大焉！

与有形的村庄相比，我更怀念的是无形的“村庄”——那种流传数千载、蕴含在乡民们身上的乡村文化和乡村精神。恐怕这才是乡愁的核心。

什么是“乡村文化”“乡村精神”？我没有看到过现成的答案，我也给不出标准答案。对于我来说，乡愁，就是对于过往乡村生活的依恋，对于乡民们特有品质的怀想。在新农村建设中，怎样让乡村文化、乡村精神重新回到人们心中，让乡愁“诗意地栖居”，这是比保护有形的村庄艰难百倍的难题。

数千年的农耕文明时代，在以儒家文化为代表的传统文化的影响下，形成了独特的中国乡村文化和乡村精神。这种文化和精神不是写在纸上的，而是融入乡民们骨髓中、体现在他们行动上的。比如，对于儒家所提倡的“仁义礼智信，温良恭俭让，忠孝勇恭廉”，乡民们也许讲不出什么大道理，但是他们绝对是这些儒家文化忠实的、自觉或不自觉的实践者。就以“孝”来说，“百善孝为先”，古人把“孝”视为百善之首。孝道文化是中华优秀传统文化的重要组成部分。以孝顺为荣，不孝为耻，这是乡民们根深蒂固的观念。他们也许没有听说过“老吾老以及人之老”的祖训，但是孝敬自家的长辈、尊重所有的长辈，在他们看来是一种天经地义、理所当然、不用讲任何道理的行为，不孝之子、忤逆之子受到人们的唾弃。这些包含许多积极健康内容的乡村文化和乡村精神，是几千年来维护乡村秩序和乡村伦理的无形规则。当然，其中也有糟粕，这是我们应该剔除的。然而，随着市场经济的发展，这些为乡民们所自觉遵循的规则早已失去效力，乡村秩序早已不复存在。如何涵养乡村文化，培育乡村精神，重构乡村秩序，确实是一项艰巨的任务，也是一个不容回避的话题。

乡愁是我们精神世界中，永远都不能够抹去的一抹暖色。我们呼唤乡愁，绝对不是要再回到过去那种贫穷的生活中去。与保护古村落同等重要或者比前者更重要的，是涵养乡村文化、培育乡村精神，让乡愁“诗意地栖居”。我们不能抱残守缺，而是要从现实中寻找答案，让乡愁长驻在我们的心灵深处。

我仍然怀念我的村庄。

我的村庄，你还能回来吗？

（2016 年）

别了，北京

一

告别的时候终于到了。

再过两天，我就要离开北京，到温暖的南国工作去了。本来只是一次正常的工作调动，我从没想到还有离愁别绪什么的。可是，随着离别时刻的临近，我的心情却越来越糟糕。当我写下这个标题时，一瞬间，泪水竟然盈满眼眶。

我没想到我会这样。我一直以为，我会轻松地、愉快地告别北京，就像每次出差一样，带着放松的心情，到外地去小憩一段时间。就像潇洒的诗人那样："我挥一挥衣袖，不带走一片云彩。"而且，对于北京，我似乎并没有那种刻骨铭心的爱。虽然在这个城市度过了将近二十四个年头，但我总觉得自己没有融入这个城市的市民社会中去。而且，我还经常反感着这座城市的一些方面：我反感它拥挤的交通，我反感地上斑斑的痰迹，我反感那些流利的"京骂"，我反感被污染的空气，我反感破旧的胡同……可当我想到我将要离开这座城市，离开她五年、十年，甚至更长时间，甚至一辈子，我的心里不禁充满了依恋，甚至充满了恐惧。北京，难道我真的要离开你了吗？

得知我要调岗离开北京的消息的同事们、朋友们，纷纷相约为我饯行。他们是由衷地为我高兴。到南国，那么温暖的地方，那么繁华的城市，担负一份更为重要的工作，这是多少人向往的好事啊！而我，在兴奋之余，心里某个角落总有一点点不安。我似乎刻意地隐瞒着这个消息，不想让更多的人知道。我宁愿拖到最后一刻，才向熟悉的朋友们公布。我不习惯那种热热闹闹的告别，我宁愿一个人悄悄地离开。在欢天喜地的告别宴会上，总有那么一瞬间，我会静默下来，心里有流泪的感觉。

北京，我怎么就离开你了呢？

二

别了，北京。

你曾是我心中最向往的地方。随着年龄渐长，那种神圣的感觉消失了，但我总忘不了刚刚投入你怀抱时的情景。

二十四年前，一个懵懂的少年，穿着土气但舒适的布鞋，一脚就迈进了京城一所著名的高等学府。至今我还不明白，当年那所大学在我们全省才招五名学生，我怎么竟有勇气报考它呢？我怎么居然就幸运地考上了，从此就与这所著名学府、与它所在的这座古城结下不解之缘了呢？

去年年底，大学同学聚会，大家还谈起我上大学时写的一篇作文。那是我们刚刚进入大学不久，我的一篇作文《国庆之夜的天安门》，成为全年级同学传诵的范文。北京本地的同学说："我们在北京长这么大，谁也写不出这样的文章，只有你才写得出来。"我明白，他不外是说我是刘姥姥进大观园，见什么都稀奇。人家是皇城根儿下长大的，见得多了。我承认，在我们这些外地人眼里，北京是多么神圣的地方呀！天安门是多么神圣的地方呀！我们从小是唱着“我爱北京天安门”长大的，现在能够来到祖国的心脏，能不稀奇吗？能不激动吗？

那真是一段令人难忘的时间！我们入学后，正赶上共和国成立三十五周年大庆，天安门照例要举行盛大的游行和晚会。我们这些大学生被组织起来学跳集体舞。我不记得我这个腼腆的男生是怎样与女生配合的，但我永远记得那首用来伴奏的著名的歌曲——《高山青》：

> 高山青，涧水蓝。阿里山的姑娘美如水呀，阿里山的少年壮如山。啊……啊……，阿里山的姑娘美如水呀，阿里山的少年壮如山。高山长青，涧水长蓝，姑娘和那少年永不分呀，碧水长围着青山转。

优美的旋律和动人的歌词深深地打动了一名十几岁少年的心，从此，这首歌便深深地刻在我心里，多少年过去了，我都忘不了。每当听到这熟悉的旋律和歌词，我都感动得要流泪！

二十世纪八十年代是一个火热的年代，是一个思想大解放的时代。一切似乎都欣欣向荣，一切似乎都蒸蒸日上，人们思维活跃，乐观向上。共和国总理来到我们中间和我们共度教师节。各行各业的学者到校园来举办讲座。大学生们为不同的观点争论不休，各种社团活动红红火火……这一切，只有在北京，在首都，在这样一个包容性很强的城市才能出现，才能存在。

三

别了，北京。

褪去神圣光环的笼罩，你是那么一座朴素、和蔼的城市。

在来北京之前，我对她是怀有敬畏之情的。作为一个泱泱大国的首都，作为曾被涂上太多政治色彩的城市，北京在我们心目中曾经神圣得高不可攀。然而，当我走进这座城市，我才发现，她原来是那么朴素，那么亲切，那么和蔼，就像一位朴素而和蔼的农妇一样。

我忘不了刚刚入学不久，由于不适应北京干燥的气候，我腿上长了一个小疙瘩。开始没把它当回事，时间长了，它竟然化脓了，走起路来伤口被裤子磨得很疼。症状已经很严重了，我不得已才去了校医院。那天，从校医院回宿舍的路上，我一瘸一拐的模样引起了一位素不相识的女教师的注意。她问明了情况，当即用自行车驮着我，把我送回了宿舍。我不知道她是不是地道的北京人，但我知道她是北京这座城市里的人。

我忘不了在鲁迅博物馆查找、抄写资料的情形。那天，我因为要抄写的资料太多（当时好像还不兴复印，即使有的话，我这穷学生也舍不得花那个钱），抄了一天也没抄完。当我把情况告诉馆里一位女工作人员后，这位素不相识的女士当即答应帮我的忙。过了几天，我收到她帮我抄写的一沓厚厚的资料，一手娟秀的好字，让我欣赏而感激了许久。我不知道她是不是北京人，但我知道她是北京的人。

我忘不了在街头问路的情景。那也是我刚到北京不久，因为路不熟，近在眼前的地方就是找不着。我问了街边的一位老大爷，老大爷给我说了半天，看我还是不明白，干脆拉着我的手，领我往前走。终于看到我要去的地方了，老大爷才撒手。这位老大爷，一口京片子，一看、一听就知道他是地道的北京人。

在告别之际，我怎么净想起这些小事来了呢？可是，就是这些微不足道的小事，让我记了十几年、二十几年，让我对北京这座城市有了那么亲近的感觉，有了那么温暖的感觉。

四

别了，北京。

我对北京一直有一种偏见，以为北京虽然贵为首都，但基本属于守旧、土气的城市，不能与沿海发达城市相比。可在我临别回眸之际，我发现，其实北京是美的。她的美，是不事张扬的那种美，是那种有深度的美。

前些时候，一位外地的同事来京开会，我去看望他。他住的地方在天坛北边，房间在五楼，我从向北的窗户望出去，竟然看到了天安门城楼。城楼沐浴在傍晚的阳光下，裹上了一层明黄的颜色，这种颜色并不是那种令人肃然起敬的金碧辉煌，而是带有一丝温情的感觉。那一瞬间，我觉得天安门也带有人间的烟火气。在城楼这边，是一片青砖灰瓦的四合院和平房，掩映在一株株绿荫蔽日的树木中。我从来不知道北京市区还有这么多树。灰色的房，绿色的树，展示的是最平常、最世俗的平民生活，让我感受到一种朴素的美。

其实，北京作为一个有着三千多年悠久历史的历史文化名城和古都，它的美是无处不在的。不必说故宫的宏伟壮观，八达岭长城的雄伟险峻，天坛的构筑精妙，颐和园的金碧辉煌；也不必说被列为“燕京八景”① 的太液秋风、琼岛春阴、金台夕照、蓟门烟树、西山晴雪、玉泉趵突、卢沟晓月、居庸叠翠；即使在街头巷尾，我们也能随时发现美。清晨，初起的朝阳令我感动；傍晚，西下的夕阳也让我感动。春天，路边的桃花让我欣喜；冬天，漫天的飞雪也让我欣喜。新起的高楼大厦，

①从金代到清代，“燕京八景”略有不同。本文以 1751 年乾隆皇帝钦定的“八景”为准。

让我看到了首都日新月异的变化；古老的胡同深巷，让我领略到了古都深厚的历史积淀。生活中并不缺乏美，缺乏的是一双发现美的眼睛。

一个冬日的下午，我在街头漫步，不经意间走进一个街心花园。这是一个小得不能再小的花园，也没有什么特别的花草树木。冬日的阳光慵懒地照着，花园里几乎是老人们的天下。他们有的坐在长椅上晒太阳，有的带着小狗在散步，有的在舞剑，有的在跳舞，一个个自得其乐，其乐融融。这个和谐、温馨的画面让我感动。

五

别了，北京。

作为一个有三千多年建城历史的文化名城，你深厚的文化积淀是无须证明的。对你博大精深的文化积淀，我不敢妄加评论，但我还是想谈谈我的感受。

多年以前，我去中科院拜访著名数学家陈景润先生。当来到中科院所在的中关村地区时，我有一种强烈的感觉，觉得我呼吸的都是科学的空气。那天的其他情形我记不太清了，唯独这种感受铭刻在心。借用这种说法，我觉得我们生活在北京，或者哪怕只是短暂地来过北京，我们呼吸到的也都是充满着文化氛围的空气。换言之，北京的空气中氤氲的都是文化。

要论全国哪座城市文化氛围最浓，无可争议，肯定是北京。北京有举世罕见的皇宫，有星罗棋布的文物古迹，有无比丰富的地下遗存和考古发现……仅仅是这些吗？不仅是这些。北京有很多顶尖的高等学府，只要你有能力，你就可以接受优质的教育；北京有数量众多的博物馆、剧院、电影院、音乐厅，只要你愿意，你可以每天欣赏到国内优质的、新颖的电影、歌舞、音乐……仅仅是这些吗？不仅是这些。

北京的文化，不仅仅是外在的、形式上的，也是渗透在它骨子里的，渗透在每一个北京人身上的。在北京街头，如果你接触到一位长者，他（她）彬彬有礼、平静安详、恬淡闲散、幽默风趣，不用问，多半是老北京人，甚至是旗人。他们骨子里就渗透着一种贵族精神、文化教养。这种贵族精神和文化教养是与生俱来的，并非刻意修炼的。学，是学不来的。这可以说是来自北京的“地气”吧？是北京悠久的历史和深厚的文化底蕴，是北京作为帝王之都和首善之区的地位，是北京的开放和兼容，造就了这座城市独特的文化品格。诚如学者易中天所指出的：北京是文化生态环境最好的城市。它很像一个自然形成、得天独厚的大森林，乔木、灌木、奇花、野草共生于其间，层次分明而又相得益彰，错落有致而又浑然一体。它是帝王之都，也是文人之乡和民众之乐土。雍容华贵的皇家气派，勇敢自尊的学者风范，敦厚朴实的民俗风情，共同形成了老北京那种既“典丽堂皇”又“幽闲清妙”的文化品格；高瞻远瞩的改革开放，博采众长的兼收并蓄，独一无二的文化优势，又构成了新北京的非凡气象。“大气”与“平和”，是北京文化的一个显著特征，它甚至体现在每个北京人的身上，成为北京人的一种“文化性格”。易中天先生在《读城记·北京城》中慨叹道：

> 这就是北京：古老而又鲜活，博大而又精深，高远而又亲切，迷人而又难解。它是单纯的，单纯得你一眼就能认出那是北京；它又是多彩的，丰富得你永远无法一言以蔽之。而无论久远深厚的历史也好，生机勃发的现实也好，豪雄浩荡的王气也好，醇厚平和的民风也好，当你一进北京，它们都会向你扑面而来，让你目不暇接，不知从何读起。

如果可以把城市比作书的话，北京该是多么厚的一部大书啊，任你是再博学的学者，穷其一生也读不完。

六

别了，北京。

其实，不要找任何理由，不要找任何借口，坦白地说，我就是热爱北京，我就是舍不得离开北京。平静的外表下，涌动的是激情；潇洒的举止后，隐藏的是留恋。如果让我选择，我宁愿留在北京。

然而，没有选择。前有古人的明训："青山处处埋忠骨，何须马革裹尸还。"后有当代人的豪言壮语："好男儿志在四方。"我也曾写下过这样的诗句："男儿有志当如斯，慷慨悲歌赴国难！"当祖国需要的时候，我们没有任何选择。

纵使有千般不舍，万般留恋，终究，我还是要离开你，北京。义无反顾地，离开。

我挥一挥手，真想摘走北京的一片云彩，拴在我的书桌前。当我一抬头，就可以看到两个大字——北京！

（2008 年）

第四辑　怀人篇

站在启功先生墓前

中学生，副教授。博不精，专不透。名虽扬，实不够。高不成，低不就。瘫趋左，派曾右。面微圆，皮欠厚。妻已亡，并无后。丧犹新，病照旧。六十六，非不寿。八宝山，渐相凑。计平生，谥曰陋。身与名，一齐臭。

——启功《自撰墓志铭》

一

2006 年 6 月 30 日，北京西郊，香山脚下，万安公墓。

上午，一场朴素低调、不事张扬的骨灰安葬仪式在这里举行。

进大门前行十米，右转，前行二十米，路的右侧，就是启功先生的长眠之地。上午十时，先生生前的至亲好友和同事学生一百余人，来到这里为先生送别。先生一向不愿麻烦别人，这最后的告别也没有惊动太多的人。

启功先生的墓地占地三平方米。墓茔东向，前望玉泉，后倚西山；苍松侍于左，坦途通于右。墓碑黑色，设计简洁大方，中间有道曲形的凹槽，形似先生一生喜爱的砚台。墓碑正面刻着逝者的名字和生卒年：“启功 1912—2005”“夫人章宝琛 1910—1975”。启功先生用 30 年时间实现了对妻子忠贞的承诺。阴阳相隔30年后，他们终于团圆了。墓碑背面刻着先生生前所喜爱的一则砚铭：“一拳之石取其坚，一勺之水取其净。”先生自号“坚净翁”，书房为“坚净居”。碑座上，刻着那篇广为人知的墓志铭：“中学生，副教授。博不精，专不透。名虽扬，实不够……”

在墓茔旁边一间小小的告别室里，先生的骨灰盒摆在正中的台子上，台子两边肃立着送别的亲人。哀乐响起，亲人默哀。启功先生的内侄双手托起先生的骨灰盒，缓步走出告别室，来到墓前。庄严的佛教歌曲在空中回荡，悲戚的声音响起来：“先生一路走好!”“先生保重!”带着亲人们的祝福，先生的骨灰移驻墓穴。两块石板封住了墓口，亲人们再看一眼逝去的长者，把花瓣撒在了墓座上。

泪水，顺着脸颊悄悄滑落，消失在黄土中。

二

阳光穿过树叶的缝隙，洒下斑驳迷离的光影。偶尔几声鸟鸣虫嘶，映衬着墓园的寂静。微风吹过，墓旁的松树微微颔首，墓前的黄伞轻轻晃动。恍惚间，竟不知身在何处。

站在启功先生墓前，遥望西山，回顾先生传奇般的人生，心绪难平。

启功，字元白，亦字元伯，满族人，1912年7月26日生于北京。他虽为皇族贵胄，但家道早已衰落。他一岁丧父，十岁失去为他启蒙的曾祖父和祖父，家里就靠寡母和一个未出嫁的姑姑苦苦操持。在曾祖父和祖父的几位门生仗义相助下，他才得以在汇文学校读书。但因经济困难，他中学未毕业便辍学了，从此养家糊口，背上生活的重担。但他并未因此沉沦，而是发愤自学，先后师从贾羲民、吴镜汀习书法丹青，从戴绥之修古典文学，后来更拜陈垣为师，获闻学术流别与考证之学。几十年来他从未懈怠，终成一代大家。他在诗词、书法、绘画上均有骄人成就，有“诗书画三绝”之誉。他的画作取法自然，明净无尘，清劲秀润，耐人寻味，上世纪四十年代就在画坛崭露头角；他的书法博师古人，典雅挺秀，美而不俗，在当代书坛独树一帜，自成一家，被人们誉为“启体”，成为彪炳书坛的领袖；他的旧体诗词格律严谨工整，语言典雅丰赡，意境深远含蓄，学力深厚坚实，深具古典风韵，享誉诗坛。他学识渊博，对古典文学、语言文字学、音韵学、训诂学、历史学、文献学、版本目录学、宗教学等等都有广泛的涉猎与研究；他是古书画鉴定专家，尤精碑帖之学，对古书画、碑帖的鉴定独具慧眼，见识卓异，造诣很深，几十年来为整理和保护国家珍贵文化遗产作出了卓越贡献。

先生一生成就当然不是这区区数百字所能尽述，然而从这样的简介中就可以看出，先生有着怎样波澜壮阔的人生，有着怎样璀璨辉煌的成就。著名学者钟敬文先生曾赠诗启功先生赞曰：“诗思清深诗语隽，文衡史鉴尽菁华。先生自富千秋业，世论徒将墨法夸。”这样博学通儒的国学大师，确实令人景仰。启功先生的一生如同一部大书，值得一辈子捧读。

三

与先生一生的学术成就、艺术成就相比，人们更敬重的是他高尚的人格。

人们在谈到启功先生的时候，总是自然而然地要谈到他的为人。确实，启功先生具有中国传统知识分子特有的品格特征：正直善良、谦和慈祥、悲天悯人、淡泊名利、虚怀若谷、包容无际。可以说，中国文人的传统美德——仁、义、礼、智、信，他无一遗漏。凡是跟先生有过接触的人，只要他不对先生怀有偏见，无不被先生的人品所感动。

先生为人至真。他对祖国、对民族、对人民抱有一颗热诚的赤子之心。他是真诚地热爱我们这个国家、热爱我们这个时代、热爱我们这个社会，真诚地盼望祖国统一、民族团结。他曾赋诗作画，欢呼香港、澳门回归；在各种外交场合，维护国家利益与尊严，宣传、介绍祖国悠久的传统文化。他以一颗博爱之心、忧世之心，密切关心着国家的发展建设。每当遇到自然灾害，他总是踊跃捐献善款。他诚恳待人，爱憎分明，从不隐瞒自己的真实想法和观点。

先生为人至善。他对妻子至爱，对母亲至孝，对师长至敬，对朋友至诚，对晚辈、学生关爱至切，他和蔼可亲，悉心教诲。为资助考入北师大的贫寒学生，先生于1990年在香港举办书画义卖，筹集资金160余万元，设立了“励耘奖学助学基金”，用于资助和激励青年学生辛勤耕耘、严谨治学。对一切遇到困难的人，他总是毫不犹豫地慷慨相助；有时他的善良为小人所用，他也毫不后悔。即使对小动物，他也充满爱心，不忍伤害。

先生为人至坚。“直如矢，道所履，平如砥，心所企。”这是先生喜爱的另一则砚铭，既是对“坚”字最好的注解，也是先生道德操守的生动写照。先生表面温柔敦厚，平易近人，实则外柔内刚，内方外圆，刚直不阿。先生幼年失怙，少年失学，中年丧母，晚年丧妻，并曾被打成右派、准“牛鬼蛇神”，一生坎坷，历经磨难。他没有被命运击倒，不仅顽强地生存下来，而且卓有成就，成为一代大家。先生平素为人谦和，宽厚待人，但为人方正，在原则问题上非常认真，绝不随波逐流、随声附和。我们常见的是他“笑脸弥勒”的一面，我也确曾几次见过他“怒目金刚”的一面，那都是在对待原则问题的时候。

先生为人至净。先生性格洒脱，胸襟旷达，淡泊名利，从不计较个人得失，一生不为金钱所动，不为功名所累。他心地纯净，不掺杂念。

对人生的坎坷，他总能以乐观的精神、旷达的胸怀加以化解，从不怨天尤人。对假冒他书法的行为、对一些人不负责任的议论，他一笑了之，表现得很超然。先生身为帝胄后裔，却从不以此自炫，甚至不愿承认自己姓“爱新觉罗”，自称“本人姓启名功字元白，不吃祖宗饭，不当‘八旗子弟’，靠自己的本领谋生”。有人戏称他为“大熊猫”，先生一本正经地辟谣：“我不是大熊猫。大熊猫是国宝，我还有自知之明，哪敢自称国宝呢?”“宠辱无惊希正鹄”“何必牢骚常满腹”，这样的诗句常常在他的诗中出现，表现的正是他宽广的胸怀。他像一条静谧的河流，宁静平和、清澈见底。

“学为人师，行为世范。”“能与诸贤齐品目，不将世故系情怀。”“评书画论诗文一代宗师承于古创于今永垂鸿业标青史，从辅仁到师大两朝元老学为师行为范不息青衿仰令仪。”先生亲自拟定的校训、书写的对联以及后人敬献的挽联，不正是对先生一生道德文章最好的概括吗?

四

启功先生是2005年6月30日凌晨2时56分去世的。先生似乎特意选择了这样一个安静的时刻，悄悄地走了。

时光匆匆，转眼一年过去。尽管我相信入土为安的古训，可是，当墓穴被两块石板封住的时候，我还是心如刀绞。从墓外到墓内只是小小的一步，可两块薄薄的石板却将我们和先生生死相隔。

在先生人生最后的十几年中，我有幸随侍他左右，常常拜读先生这部大书。十几年，在历史长河中只是短短一瞬，可在人的一生中却是长长的一段。在千千万万人中，我是有福的。我悟性不高，至今未得书中精髓；可粗粗翻阅之下，已经获益匪浅。先生高尚的人格时时感动着我，一桩桩看似不起眼的小事，如今回想起来，还是令我热泪盈眶。我至今忘不了先生手执铅笔为我修改习作时认真的表情，也忘不了先生面对有人以他名义作假的行为，委托我代发声明时愤怒的神情；我忘不了先生谈到工人下岗、农民负担时焦急的神态，也忘不了先生手持放大镜细看我的幼子照片时开心的大笑；我忘不了先生身体健康时，每次执意把我送到楼梯口频频挥动的双手，更忘不了先生坐在轮椅上双手抱拳目送我离开时留恋的眼神。

为什么我的眼里常含泪水？为什么我的胸口常常隐隐作痛？为什么我的心里空空荡荡，若有所失？“故人不可见，汉水日东流。借问襄阳老，江山空蔡州。”“有人夜半持山去，顿觉浮岚暖翠空。”古人的一句句悼亡诗，此时读来更觉心痛。一座大山移去了，心灵的依靠何在？

还是在盛年之际，先生就为自己提前写好了墓志铭，并表示“六十六，非不寿”，表现出他对生命的达观。如今，距离“六十六”已过去二十多年了，先生以93岁高龄辞世，是真正的“非不寿”了。按照传统的说法，应该属于“喜丧”了。可是，人们为什么还是这样悲痛？是一种多么巨大的人格力量，至今令我们感动不已、怀念不已？

五

可是，就是这样一位善良慈祥、深受人们爱戴和敬重的老人，却也遭到某些人的攻击和诋毁。有人对先生的书法有这样那样的非议，有的说他写得太多太滥了，有的嘲笑他的字是“馆阁体”，有的借收费说三道四。但他们恰恰忘记了一点：启功先生从不把书法作为牟取利益的工具。社会上之所以有大量他的书法作品，一方面是因为喜欢他的书法的人太多了，认识或不认识的人，懂或不懂书法的人，都想方设法索求他的书法作品；更重要的是，他从来没有把自己的字当回事，从不以此自矜，从不以书法家自居，从国家领导人到平头百姓，从学者教授到环卫工人，几乎对求字一事有求必应，免费赠送。一些索字者不忍心“剥削”他老人家，或给他点吃的，但他立马和大家分享了；或给他点玩的，他放在书柜里与朋友共同欣赏；或给他点花的，他转头就交给学校或需要帮助的人。退一步讲，就算收费的话，也是先生劳动所得，而且是一位高龄多病的老人劳动所得，又有什么可以非议的呢?

启功先生的书法并非登峰造极，批评不得；启功先生也并非完人，毫无瑕疵。正常的学术批评、艺术探讨无可厚非。可是，那种人身攻击、造谣滋事是一切正直、善良的人们所不能容忍的，也终究是不会得逞的。事实也已证明，无论宵小之徒如何诋毁，都无损先生的形象、人格半毫。人们还是一如既往地喜爱着启功先生、敬重着启功先生。

对付这些诋毁他的人，还是启功先生的办法高明。早在二十几年前，他就写下了这样的诗句：“开门撒手逐风飞，由人顶礼由人骂。”顶礼也罢，辱骂也罢，这一切与我何干?先生已乘鹤而去，留下一群俗人喋喋不休，就让他们争论去吧。

六

“有的人活着，他已经死了；有的人死了，他还活着。”

死者倘不埋在活人的心中，那就真真死掉了。

站在启功先生墓前，六月的阳光暖暖地照在我身上。我凝视着先生的照片，先生慈祥的笑容在阳光下格外灿烂，我们似乎又在进行着轻松的对话——心灵的对话。一时间，我竟出离了悲伤。我又一次捧读着一本大书，对人生多了几分感悟，对生命多了几分敬畏，对荣辱多了几分超然，对得失多了几分洒脱。

万安公墓历史悠久，环境幽雅。启功先生生前的许多友好都先后安葬在这里，想来长眠于此地的启功先生也不会感到寂寞吧。

“落花无言，人淡如菊。”启功先生去了，可他没有死，因为他永远留在我们这些后人的心中。

（2006 年）

任继愈先生的寂寞

季羡林、任继愈先生的辞世，引来一片哀悼之声，人们为两位文化大家的离去而惋惜不已。香港著名学者饶宗颐先生更写下“国丧二宝，哀痛曷极”八个大字，极尽痛惜之情。不过相对而言，季先生受到的关注和哀悼更多一些，而任先生这边就冷清了许多。观察了一下，不少媒体对季先生的逝世报道是浓墨重彩、铺天盖地，而对任先生的逝世往往是一笔带过，有的媒体甚至连提都不提，对比强烈得让人不可思议。于是有人为任先生抱不平说：“任先生的学术成就并不在季先生之下，身后却遭此冷遇，太不公平了。”也有人对季先生暗含嘲讽，认为世人对他只是盲目追随而已。

其实，冷也好，热也罢，都与两位老人无干。两位先生本来就对声名之类的身外之物毫不在乎，更遑论身后哀荣了。而且就任先生的个性而言，他本来就不是个爱热闹的人，不希望引人关注。他更喜欢静静地坐在书斋里，默默地做他的学问。这样静悄悄地走，正符合他的个性。

两位老人健在的时候，我曾经见过他们多次，确实感觉到两位个性大不相同。见到季先生，多是在各种文化活动中。他热心文化事业，乐于参加各种文化活动，而且为人随和，平易近人，见过他的人很少有不为他的人格魅力所折服的。所以他人缘好，有一大批“粉丝”。而任先生则很少在公众场合露面，只有在他所供职的国家图书馆举办的重大活动中，才能偶尔见到他。他作为馆长，有时需要主持这些活动，有时则需在活动上亮亮相。主持，他也是三言两语，点到为止，然后就静静地坐在那儿，静听别人的发言。多数时候，他是沉默的，甚至是严肃的，似乎有那么点让人不敢亲近。我曾经对他做过一次专访，发现他其实是没有一点架子的，很好说话，有问必答，而且对我这个年轻人非常尊重。在我写好的稿子上，他很认真地做了修改，还把自己的著作和文章送给我参考。不过他确实是一个沉默寡言的人，很少主动讲话，基本上是我问一句，他答一句，而且回答得也很简短，并不多言。所以他不为社会大众所了解，也是情理中的事。

真正的学者，是甘于寂寞也乐于寂寞的。钱锺书先生说过："大抵学问是荒江老屋中二三素心人商量培养之事，朝市之显学必成俗学。"只有耐得住寂寞的人才能做得出真正的学问。在生命的最后二十年里，任继愈先生在继续从事学术研究的同时，又致力于"前人栽树，后人乘凉"的古籍数据整理工作。他坐镇国家图书馆，领导了中国最大规模的传统文化数据整理工作：历时十六年完成了一百零七卷、总字数过亿的《中华大藏经》的编辑出版，完成镇馆之宝文津阁《四库全书》的影印本出版，总计七亿多字的古籍文献数据汇编《中华大典》也在同时进行编校。他主持的《宗教大辞典》《佛教大辞典》等工具书填补了新中国宗教研究空白；依托国家图书馆馆藏编选的"中华再造善本工程"完全仿真影印了五百多种珍稀善本；点校本"二十四史"及《清史稿》修订工作也在顺利开展……古籍整理是枯燥无味而又无名无利的苦差事，没有把冷板凳坐穿的毅力及不计名利的奉献精神的人是不愿做这种工作的。只有像任先生这样甘于寂寞、不计名利的真学者，才能以年迈之身，穷二十年之力从事这一浩大工程，为后人做了一件功德无量的大好事。反观一些所谓的学者，根本耐不住寂寞，今天这个讲座，明天那个论坛，恨不得一夜名满天下，怎么可能扎扎实实地做学问呢？大吵大闹是做不出真正的学问的，那些所谓的学术明星，只能闪耀于一时，不可能璀璨于永久。

其实季先生也不是热闹场中人，他也是一贯甘于寂寞、耐得住寂寞的，否则他也不会在学术研究上取得那么大的成就。季先生之所以为更多的大众所知，是因为他在严谨的学术研究之余，还写了很多轻松优美的散文随笔，又热心于文化活动，所以社会知名度比任先生更高。而这名声本就不是他孜孜追求的。

所以我说，众人大可不必为任继愈先生身后所受到的所谓冷遇抱屈（其实并不“冷”，只是相对而言），这本来也正是任先生所希望的。对于真正的学者而言，这种冷遇和寂寞，正是他们的幸事。

（2009 年）

望之如云 近之如春

——许嘉璐先生逸事

2013年10月，友人自香港来京出席“北京尼山世界文明论坛”，见到许嘉璐先生后提起我，许先生说：“徐可是我的亲学生。”友人向我转述这句话时，语气中不胜羡慕。先生的话让我有一分自豪，但更多的是感动。回想十几年前，先生对我当时所在的报社负责人说：“徐可是我的好学生。”从“好学生”到“亲学生”，我又升格了。先生总是这样，毫不吝啬自己对学生的爱，就像慈祥的父母宠爱自己的孩子一样，不管他有多淘气、顽皮、没有出息。

严谨师教

我是先生的学生不假，但是绝对称不上“好学生”。二十世纪八十年代下半叶，我在北京师范大学中文系学习，那时北师大中文系大师云集，如训诂学大师陆宗达先生，著名民俗学家、散文家钟敬文先生，著名文艺理论家、现代文学作家黄药眠先生，著名语言文字学家萧璋先生等。这些老先生彼时都还健在。后来名满天下的启功先生，那时候七十出头，在他们中间算是“弟弟”了。当时这些老先生已经不能给我们这些本科生开课了，但是我们偶尔也有耳福听听他们的讲座。像钟先生，他的高足董晓萍老师给我们讲民俗学时，曾经请钟先生给我们做过讲座；像启先生，他的学生秦永龙老师给我们讲书法时，也请启先生给我们做过讲座。其他的名教授，如俞敏、郭预衡、聂石樵、浦漫汀、邓魁英、韩兆琦等，当时都是我们的任课老师。后来那些名声很响的老师，当时也只是副教授或者讲师。

按理说，有这么多名师授课，我们应该好好珍惜、好好学习才是。可惜当时我们这些穷学生自视甚高，一门心思想当作家，对做学问不屑一顾。除了跟文学相关的课程以外，别的课程都不感兴趣，敷衍了事，能逃则逃，逃不了也是“人在曹营心在汉”，要不在偷偷地看小说，要不在偷偷地写诗、写小说，老师讲的什么，如耳旁风一样刮过。现在回想起来后悔莫及，可当时却一点也不知道珍惜。

许嘉璐先生是陆宗达先生的嫡传弟子，在陆宗达之后，是中国训诂学界绝对的头把交椅。那时，许先生任中文系古代汉语教研室主任，给我们讲授古代汉语。许先生讲课很有魅力，嗓音很有磁性，语调抑扬顿挫，他本人也文采斐然，能把枯燥无味的古代汉语讲得趣味盎然。奈何我们（特指“我”，“们”是顺带的，我知道我们班还是有喜欢古汉语的，如一位姓金的同学，后来他进了商务印书馆）天生就不喜欢古汉语，哪怕他讲出花来也打动不了我们顽石似的心。先生要求又严，期末考试的时候他要求大家隔座而坐，其用意当然不言自明了。这个做法现在已经很普遍了，可在当时大家却难以接受。我猜测难以接受的理由恐怕有二：一是觉得此做法是对学生的不信任，是一种侮辱，在精神上难以接受；其二，也不排除有不少同学原本准备抄个痛快的（那时考试互抄相当普遍，大家都不认为这是作弊，老师也大多睁一只眼闭一只眼），先生此举可谓戳到不少同学的痛处，如照此执行，恐怕有相当一部分同学难以过关，所以从实际上来说也不能接受。于是下面便鼓噪起来，伴之以拍打桌椅的声音。先生毫不退让，坚持原则，最后大家还是乖乖地按他的要求做了。其实“严是爱，松是害”。那时我们正是任性贪玩的年龄，家长、老师理应严加约束，不能听之任之。如果所有老师都能像许先生这样严格要求学生，学生就可能不会像现在这样没有出息了——这话有点为自己的不成器开脱责任了。

忠厚长者

我与许先生第一次单独接触，是大学毕业前夕，为了分配工作的事。我在大学期间，在一家中央级大报上发表过一篇谈论周作人的文章，产生了一点社会反响，著名学者钟叔河先生还写信给我予以赞赏。临近大学毕业时，这家报社愿意要我。这在我看来当然是天上掉馅饼的好事，可是学生处负责毕业分配的人可不这么想，他们以“师大毕业生必须在教育口工作”为由，不同意放我去报社。正当我一筹莫展之际，班主任给我出主意，让我去找找许先生。那时先生已是师大副校长，正好主管学生毕业分配这方面工作。在我这样一个学生的眼里，大学副校长是好大的一个官呀，哪敢轻易接近！可是为了工作大事，我只好硬着头皮去他家了。记得我是一天傍晚时分去的，印象中他家不大，也就是两居室或者小三居吧，屋里有点暗。是师母给我开的门，听说我是先生的学生后，从内屋叫出了许先生。先生听明我的来意后说：“让我想想……XX 日报是为教育界服务的，也算教育口嘛。你这不算出教育口。”先生一锤定音，让我如释重负。在先生的过问下，我终于如愿以偿地走进了报社大门。

参加工作后，我在很长一段时间内都跟先生保持着联系。我知道先生忙，平时不敢打扰，只有在年节时会打个电话问候一下。后来，在先生担任全国人大常委会委员时我还采访过他。随着先生担负的职务越来越重要，我自觉地减少了跟先生的联系。我知道先生忙，找他的人多，我就不给他添乱了。我觉得这是对先生的一种爱护。当然，也许未必妥当。

但我一直铭记着先生对我的关怀，每有小小成就，我都要向先生报告一声，先生甚感欣慰。记得我的第一本小书《三更有梦书当枕》出版后，我立刻报告先生，先生即让我寄给他一本签了名的书。我自感习作浅陋，不敢污先生清目。先生却说："不怕浅，谁都是从浅开始的，浅正显出其清新可爱。"先生看过拙书后说了一些表扬的话，我知道先生是为了鼓励我，但我还是感到很高兴，很受鼓舞。

学者官员

先生学富五车，又公务缠身，按理说无须，也无暇在学术上太过勤奋。可先生偏偏改不了勤奋的毛病。每天读书，是他多年不变的习惯。无论多忙、多累、多晚，每晚他都会钻进"日读一卷书屋"读一会儿书。先生政务繁忙，不可能有大段大段的时间读书、做学问，只能利用点点滴滴的时间来阅读，用先生自己的话说是"不绝如缕"。他说如果不学习自己就会落伍。其实先生不只是学问做得扎实，而且领风气之先，敢于创新。他很早就学会了使用电脑，当我还给他寄手写信的时候，他的回信已经是用电脑打印的了。他不仅自己做学问，接连出版了好几部专著，而且还兼任着北师大汉语文化学院院长和中文信息处理研究所所长，还带着博士生，每月都要去学校给学生上课。

先生口才极好。他的好不是滔滔不绝、能说会道的那种好，是有学问，有文采，有内涵，有魅力，让人如痴如醉的那种好。我上大学期间，有一次学校举办一场学术活动，邀请了一些报刊的编辑、记者参加。先生在会上讲了一番话，《读书》杂志的一位年轻女编辑听得如痴如醉，对他崇敬不已。女编辑悄悄问我："这位先生是谁呀?"我自豪地回答："是我们的老师许嘉璐!"若干年后，先生担任首席顾问的《现代汉语规范词典》举行首发仪式，先生在会上作了讲话，是即兴讲的，虽然没有讲稿，但是讲得极其生动，富有感染力，现场掌声热烈。首发仪式结束后，很多人拿着《现代汉语规范词典》请先生签名。我未能免俗，也拿着书排在队伍里。先生一直埋着头在签名，我走到他跟前，叫了一声"许先生"，先生抬头一看，笑了，说："徐可，是你啊!"现场人多，我们简单说了几句，随后，我谢过先生就走了。

我觉得社会上对先生的了解有限，一般人只知道他是全国人大常委会副委员长、民进中央主席；对于他在学术上的造诣，知道的人就很少了。出于对先生的崇敬，我曾经想写一篇文章，专门介绍他的学术成就。就在那次首发仪式之后的第二天，我给先生写了一封信，说了这层意思。先生很快给我回了信，婉拒了我的请求。先生在信中说：

徐可同学：

14 日的信收到了。13 日见到你，我也很高兴。知道你进步很大，事业有成，甚为欣慰。

你想写关于我的学术方面的文章，我非常感谢。但是，我认为自己的学术实在没有什么可写的。我曾经努力学习和钻研过，直到现在也没有和学术远离，但是毕竟"先天不足，后天失调"，现在又承担着很重的任务，心有余而力不足，只要求自己的学术工作不绝如缕而已。我是真正的乏善可陈，何论"成就"!

先生如此谦逊，我也自感才疏学浅，生怕写不好对不起先生，就没再坚持，心里一直感到愧疚。

先生以学者身份从政，就像他做学问一样，认认真真，有板有眼，一丝不苟。从政二十多年，他做得最多的就是下基层调研。在山区调研的时候，他出过车祸，碰上过泥石流，胳膊受过伤。尽管遇到过那么多危险，但是先生没有退缩，因为他想到基层的干部群众在等着他，他必须去。

当然，学者从政也有他的苦恼。先生本是一介书生，书生是最不讲究等级观念的，也是讲求个性自由的。可他身为国家干部，不得不遵守有关安保方面的规定。我曾听我的博士生导师王德胜教授讲过，先生当了副委员长之后，有诸多限制，比如不能陪夫人逛街了，不能在外面吃饭了等。这些事我没有见过，但是我自己亲身经历过的一件事，让我体会到了先生的不自由。有一次我去师大，听说先生要来英东学术会堂作讲座。这样的好机会岂能错过？我当即开车去英东楼，快到停车场时却被警察拦住了，不让我往前走。我给他解释，我是来听我的老师讲课的。警察可不管这个，坚持让我把车开走。我当时也是年轻气盛，把车往路边一停就走了。警察拦住我要检查驾驶证，我给他了，谁知他拿到手就不给我了。我急于去听课，驾驶证也不要了。听完课，我也没有跟先生说这事，自己到交警队承认了错误，取回了证件。这样的事情，先生是不会知道的，就算知道也没办法，可有人却不免因此而产生误会甚至心有怨言。这真是无可奈何的事情。

文化使者

先生从全国人大常委会副委员长的职位上退下来后，并没有清闲一点，反而更加忙碌。他往来奔波于两岸三地，为弘扬、传播中华文化而奔走呼号。用先生的话说就是“报恩”，报答社会，报答老师，报答亲人。这些年来，先生不辞劳苦，经常赴台湾、香港、澳门和内地各地出席各种文化活动，我每次看了报道，都甚为牵挂。

2008年4月，先生倡议创办以孔子出生地命名的“尼山世界文明论坛”，并担任论坛组委会主席。尼山论坛以开展世界不同文明对话为主题，以弘扬中华文化、促进中外文化交流、推动建设和谐世界为目的，坚持“各美其美，美人之美，美美与共，天下大同”的理念，从2010年至今已在山东济宁举办三届，另分别在巴黎联合国教科文组织总部、纽约联合国总部、北京师范大学各举办一次，产生了广泛的影响。2012年，第二届尼山论坛在山东举办时，我正担任香港文汇报副总编辑，曾让驻山东记者对先生做了一个专访，做了一整版的专题报道。

2012年9月，先生受聘出任中国文化院（香港）院长。据说，主办方原拟邀请先生担任名誉院长，先生婉拒，谁知主办方径直送来聘书请他担任院长，先生无法避辞，于是承揽下来。自此，先生不遗余力，两年多来，中国文化院已经在香港、澳门、北京等地举办过多次重大活动，声名鹊起。

这就是许嘉璐先生，一位永远认认真真做人、踏踏实实做事、勤勤勉勉做学问的先生，一位真正意义上的先生。

（2014年）

回忆采访陈景润先生

最近，中央电视台播放的电视连续剧《历史转折中的邓小平》中，出现了已故著名数学家陈景润的镜头。非常巧的是，周末我在家整理书架的时候，发现了我和陈景润的合影。我不禁想起了当年采访陈景润的情景。

那是1991年初，当时我在光明日报社工作。中央组织部知识分子工作办公室的负责同志（我记得跟我同姓，名字忘了，以下姑且称之为老徐吧）来到我们报社，说最近境外媒体有一些关于陈景润的不实报道，有的说他处境很不好，有的说他已经去世了，希望报社派记者去采访一下陈景润，对他的近况作一个报道，以正视听。于是报社安排我和摄影记者彭璋庆去采访陈景润。

陈景润曾经是我崇拜的偶像。我上初中的时候，他的事迹正传遍大江南北。如同那个年代的许多青少年一样，我被作家徐迟的那篇著名的报告文学《哥德巴赫猜想》深深地感动过。在我们心目中，陈景润是一位传奇式的人物。那时候我们都立志要成为像他那样的科学家，为祖国实现“四化”贡献力量。虽然随着岁月的流逝，他的头上已经没有了过去的光环，但我对他依然很尊重。作为一个刚刚参加工作不久的新记者，能够有机会采访自己崇敬的对象，自然觉得很荣幸。

1991年1月的一天上午，我和彭璋庆跟老徐一起乘车来到中关村中科院宿舍。记得那天非常寒冷，车到中关村后，放眼望去，看不到一点绿色，感觉特别萧瑟。中科院数学所原党支部书记李尚杰领我们走进陈景润家里。读过《哥德巴赫猜想》的读者，想必还记得那里面的一位李书记，他在陈景润最困难的时候，给陈景润以支持和帮助。他就是李尚杰。

在去中科院的车上，老徐已经给我们大概介绍了陈景润的近况。七年之前，陈景润得了帕金森综合征之后，身体非常不好，这几年一直处于休养、康复阶段。尽管有了思想准备，但是见到陈景润本人时我还是大吃一惊。陈景润很瘦，脸色苍白，行走困难，需要人搀扶。他本来就不高，可能因为病痛，又佝偻着身子，显得更矮了。看到这个情形，我心里非常难过。没想到我心目中的大科学家，竟然成了这样。我们进屋的时候，他正在蹬脚踏车锻炼身体，脸上显出一丝红润，又剃着我们熟悉的小平头，显得还比较精神。那年他 57 岁。

见到我们来了，陈景润停止了运动，定了定神，在一位年轻漂亮的姑娘的搀扶下，走过来跟我们握手，把我们请进客厅，让人沏茶、削水果，非常热情、谦和。我注意到，他的手瘦骨嶙峋，而且指头都弯曲着，似乎伸不直，握上去软绵绵的，没有力气。他头脑很清醒，但是说话比较困难，口齿不太清楚，基本上是李尚杰在介绍情况。

李尚杰告诉我们，陈景润的身体本来就不好。青少年时代的磨难，摧垮了他的健康。后来虽然经过治疗，但都没能彻底恢复健康。1984 年，中科院举行建院 35 周年纪念会，一些中央领导人出席，并会见著名科学家。在与陈景润握手时，他们发现他的脸色很不好，当即指示将其送医院检查、治疗。经查，他被确诊为帕金森综合征。国家抽调了最好的医生，安排了最先进的医疗设备和最好的药物为他治疗，可他的病情并不见好转。特别是 1985 年，陈景润的恩师、著名数学家华罗庚教授去世，对陈景润打击非常大。因为过于悲痛，他病情加剧，身体状况极度恶化。有一个时期，他大小便失禁，流口水，口不能言，手不能握，生活完全不能自理，人们对他能否恢复健康几乎已经失去信心。

尽管如此，中央和有关部门并没有放弃，仍在想方设法为陈景润进行治疗。时任中央组织部常务副部长的赵宗鼐受中央领导之托，始终亲自过问陈景润的工作和生活。中科院也拨出专款供他治疗所用。数学所老书记李尚杰像慈爱的兄长一样，一直默默地照顾着陈景润。陈景润做辅助治疗用的脚踏车、模型船等运动器械，就是他亲自出马申请来的。医生们更是采取各种办法精心治疗，1987 年以后采用了中医经络针灸疗法，产生了很好的效果，陈景润的病情有了很大的好转。

采访中，李尚杰着重给我们介绍了一个情况。陈景润生病后，一直由陈景润夫人由昆的表妹李丽照顾。李丽，就是在旁边照顾陈景润、招呼我们的那位年轻姑娘。七年前，在陈景润一家最困难的时候，她从老家来到北京，帮助表姐料理家务，抚养孩子，照顾病人。几年来，她学会了一些医护技术，协助医生给陈景润治病；而且他不怕脏、不怕累，干着别人不愿干的活，把全部的心血都用在表姐夫——这位她从小就景仰的大数学家身上。实际上，她已经成了陈景润离不开的最佳护理人员了。

可是，李丽户口在外地。二十多年前，一个没有北京户口的外地人是不能长期居住在北京的。有关方面曾经考虑把由昆调到附近工作，就近照顾陈景润，可陈景润不同意，他认为由昆是部队培养的医生，就应该为部队服务，不能放弃自己的事业。请保姆吧，不是没试过，可这位清贫的科学家的家里留不住人，何况要照顾一位生活不能自理的病人。最好的办法就是让李丽留下来照顾陈景润。可户口进京，谈何容易！有关部门的领导为此事到处奔波，都没有解决。一时间，李丽进京问题成为这位大数学家最难解的“方程式”。

1988 年国庆节前夕，中央组织部的几位干部来看望陈景润，了解到这个情况后，回去当即向部领导做了汇报。部里十分重视，批转有关部门研究解决。可由于没有这方面的规定，问题还是没解决。中央组织部遵照“发现一起解决一起，抓住不放”的精神，又一次进行调查研究，经过深入、仔细的求证，确认李丽留下来是解决陈景润家庭困难的最佳方案，于是部里出面做工作，最后在辽宁省、北京市有关部门的支持下，终于在1989年底，解决了李丽户口进京问题。

李丽解决了后顾之忧后，心情愉悦，心无旁骛地照顾陈景润，家庭卫生、饮食调理、生活照料等方方面面都做得很好。这一段时间陈景润精神状态很好，病情明显好转。1990年9月的一天，陈景润突然亲自给李尚杰打电话，托老李找一份中国科学技术大学寄来的数学资料。这是陈景润患病七年来第一次打电话，李尚杰惊得目瞪口呆。周围同事听说以后，也都非常高兴。他们没想到，奇迹真的出现了！

李尚杰告诉我们，尽管病魔缠身，但是陈景润一直没有放弃研究工作，现在仍在为“哥德巴赫猜想的‘1+1’”扫清外围障碍。他带着两名研究生，还准备再培养一名研究生，把自己的知识传授给年轻人。他积极配合医生治疗，坚持锻炼身体，顽强地与病魔作斗争。他每天只休息三四个小时，锻炼两个小时，其他时间都在工作、学习。

陈景润有一个幸福美满的家庭。他的夫人由昆是个军队医生，端庄、高雅，她的心灵也像她的外表一样美丽。当年，她由仰慕而对陈景润产生感情，结婚以后十多年来，她陪伴着陈景润，默默地做出了巨大的牺牲。他们有一个可爱的孩子，小名“欢欢”——与当时的一只大熊猫同名。据说欢欢活泼好动，成天活蹦乱跳，称得上“淘神”，没少让爸爸妈妈费心；不过这孩子并无名人后代的傲气，极懂礼貌，很讨人喜爱。据说这一家人在一起很有意思，有时玩牌，欢欢做手脚糊弄擅长数学的爸爸，而这位大数学家愣是看不出来。可惜我们去得不巧，由昆出国未归，欢欢在学校，我们只是在全家福上看到了他们，由昆端庄美丽，欢欢虎头虎脑。

那次采访之后，我写了一篇通讯《在陈景润家作客》，发表在《光明日报》二版头条位置，引起极大反响。报道见报的时候，还配发了一则编后语，号召各级党委、政府要关心知识分子，多为知识分子办实事。当时陈景润的名字已很久没有出现在新闻媒体上了，这篇独家专访立即引起人们的关注。中央人民广播电台《新闻和报纸摘要》节目予以详细摘播，多家报刊予以转载，很多读者来信来电表达对陈景润的关切之情。应河南省的《时代青年》杂志之约，我还写了一篇文章，较为详细地介绍了陈景润的情况。可以说，报道确实起到了很好的社会效果。不久之后我就听说，陈景润的家乡——福建省，主动把他接回去疗养了。

当然，由于当时的条件限制，我的文章主要是从正面反映党和政府关心陈景润的情况，而淡化了对陈景润身体状况的介绍。我写的时候就很有节制，到了领导那里又被“过滤”了一道，凡是有损陈景润形象的内容（如前文对陈景润外貌的描述）都被删去了。多年以后，我还知道了一些当时不了解的情况。陈景润病情的加重，与他两次被撞倒有直接关系。第一次是 1984 年 4 月的一天，陈景润骑车去新华书店买书，被一个小伙子急行的自行车撞倒，后脑着地，当即昏迷。事隔几个月，他乘公共汽车去友谊宾馆开会，车到站时又被拥挤的人群从车上挤下，摔昏在地。这两次摔倒对他的身体的伤害是巨大的。从此，他生活无法自理，一直需人护理。可能当时老徐、老李他们有顾虑，都没给我介绍这些情况。现在回想起来，如果当时思想解放一点，把这些情况都报道出来，不但不会损害政府和陈景润的形象，反而会引起全社会对知识分子命运的关注，对于倡导全社会尊重、爱护知识分子，当会产生更好的社会效果。

1996 年 3 月 19 日，陈景润先生与世长辞，享年 62 岁。

陈景润去世之后，我曾经接到过治丧委员会的讣告和通知。忘记是什么原因了，我竟然没能出席他的遗体告别仪式，留下了终生的遗憾。每每想起陈景润，我都非常心痛。屈指算来，现在由昆女士应该已经退休了；欢欢应该有三十岁左右了，不知道在从事什么工作。

（2014 年）

你好！杨青大姐

你长期在夜间工作。每天深夜，你骑着自行车上班下班，日复一日，年复一年，孤身一人，风雨无阻，从青春少女到头发斑白。

三十三年，短暂而漫长，你毫不犹豫地把它奉献给了祖国的新闻事业，奉献在中央人民广播电台的夜班编辑工作岗位上。1960 年大学毕业后，你就选择了新闻编辑工作，一直担任中央台传统名牌节目《新闻和报纸摘要》和《全国新闻联播》的主要编辑，你在这两个节目中倾注了大量心血。

“其实，我在朝鲜战场上就是‘上夜班’的。”你诙谐地说，“那时候，我在高炮指挥所当标图员，哪天晚上睡过安生觉?”

如果说朝鲜战场的经历为你后来的夜班生涯奠定了基础的话，那么，周恩来总理的关怀和鼓励则是你一生工作的动力。你动情地回忆起 20 世纪 60 年代初，受到周总理接见和宴请的情景。周总理跟每一个人碰杯，亲切地问你：“在哪个部门工作?”“叫什么名字?”“多大啦?”总理说：“别看我做了总理，我说的话人们不一定知道。可你们一讲话，全世界都能听到。你们的工作很重要哇!”几十年来，总理的话一直回响在你的耳畔。工作实践使你认识到：新闻联播的作用，怎么估价都不算过分；而一旦播错了，怎么估价它的损失也不算过分。高度的责任感时时鞭策着你，让你不敢有丝毫懈怠和疏忽。

夜班工作的艰辛是常人难以想象的，尤其对一位女同志来说。况且生活中还要面对许多委屈和不被理解的声音。谈起这些，你不免黯然神伤。但一谈起工作中的乐趣，你又立刻神采飞扬。把重要新闻抢播出去，是最感得意的事。成功的例子太多太多了。当然，抢新闻是有很大风险的，一旦处理不当，就可能出现空播、漏播或节目不完整，造成重大事故。但是，为了工作，你从不计较个人得失，勇于承担责任。在实践中，你探索了“板块式”“园林式”等节目编排形式；提出了“重要新闻反复播，最新消息及时播，次要新闻随时换”的编辑方针，从此中央电台有了“滚动新闻”的提法。

你是如此地热爱自己的工作，提起它，就像提起自己心爱的孩子。你说：“没有哪个工作能像这个工作一样能同时为亿万人服务。消息播出去了，那么多人同时享受了自己的劳动成果，这是很开心的事。”你说，你有很多机会可以调走，但就是不愿意离开自己心爱的工作岗位。你是一个典型的工作狂，一进入工作间就非常投入，非常兴奋，充沛的精力令许多年轻人都非常羡慕。娱乐几乎与你无缘，晚会、电影、电视，几十年来你看过它们的次数屈指可数。

你的工作是平凡的，但你以自己的敬业和独创精神赢得了人们的尊敬和爱戴。在新闻界，你的人品有口皆碑。许多年轻的新闻工作者尊称你为“老师”，但人们更愿意称你为“大姐”——一个更为亲切的称呼。你采写的新闻曾多次获奖；你本人曾多次受到上级表扬，并在不久前荣获新闻界最高荣誉——韬奋新闻奖。

冬日，在中央人民广播电台寒冷的接待室里，在嘈杂的人声中，听着你轻声细语、平平淡淡的讲述，看着你清癯的脸颊、斑白的鬓发，我忍不住从心底里涌出一声问候——

你好，杨青大姐！

（1993 年）

父啊，我的父啊

料理完父亲的后事，回到北京后，我也病倒了，连着烧了好几天。迷迷糊糊中，脑子里全是父亲生前的样子。

父亲是农历七月二十五日18时35分走的，这一天是他76岁生日的前一天。那天上午，接到家中电话后，我来不及请假，就先订了当日回家的机票。我马不停蹄、争分夺秒地往回赶，到家已是傍晚六点多钟，当时父亲已处于弥留状态。他双目紧闭，神态安详，仿佛睡着了一般。家人喊他，告诉他我回来了，他没有反应；又让我喊，我握着他的手，连声地喊："父啊！父啊！"他还是没有任何反应，我却哽咽得喊不出声来了。母亲不让我哭，我不知道这是什么规矩，只好强行忍着（后来才知道这是家乡的一种习俗）。在众人连声地呼唤下，父亲终于长长地呼出了一口气，仿佛刚刚睡醒一样，眼睛也睁开了。我多么希望他能看我一眼，但是他没有。他直视着天花板，目光呆滞，眼神空洞，对周围的人和声没有任何反应，我这才真切地意识到死神临近了。转瞬之间，他又闭上了眼睛，仿佛困了、累了，又睡着了。众人皆以为他这次真的走了，我偏不信。我握着他青筋暴露的手，抚着他瘦骨嶙峋的胸，一遍遍地呼唤，终于他又有了呼吸。我终是克制不住，跑到屋外捂着嘴啜泣，生怕被别人听到。过不多时，侄子走过来，告诉我，爷爷走了。我进去一看，父亲还跟刚才一样，双目紧闭，神态安详，仿佛睡着一般。这一刻，距我到家仅十几分钟。

十几分钟！父亲是在等他的小儿子吗？

从小到大，我和父亲并不很亲。我们家乡有很多很奇怪的习俗，其中之一便是孩子对父母的称谓会因家庭条件的不同、父母对孩子娇惯程度的不同而不同。家境较好的、父母对孩子较娇惯的，孩子叫“爸爸”“妈妈”或“爹”“娘”；家境较差的、父母对孩子没那么宠爱的，孩子都单叫一个“父”“妈”，“父”后加语助词“啊”，叫“父啊”。我家穷，孩子多，父母对我们自然宠爱不过来，理所当然地是叫“父啊”的那一类。直至今天，尽管感觉有点别扭，我还是叫他“父啊”，始终不好意思改口叫他一声“爸爸”。

父亲给我的印象是忠厚、懦弱、胆小怕事，树叶子掉下来都怕砸破脑袋。他读过高小，算是一个文化人，当过村（那时叫生产队）里的会计。但是他太轻信别人，村民从队里借点钱、借点粮什么的，他从来不记账，绝对相信别人。到年底一查账，亏空了，找谁谁也不认账，只好由他赔偿。于是，会计工作丢了，家被抄了——稍微值一点钱的八仙桌之类的都被抬走了。屋漏偏逢连夜雨。当地有名的一个小偷又“光顾”了我家，把能拿走的全拿走了。抄家、遭窃，这两幕场景都被年幼的我看见了，在我心里留下深深的阴影，终生难忘。

父亲对外人谦卑，对自己的孩子却非常严厉，我们与别人家的孩子有了冲突，他不仅不护着我们，反而责备我们，我认为他这是怕得罪别人。我自小很乖，不爱惹事，挨打算是少的，但也有几次刻骨铭心的挨打经历。印象最深的一次是，不知他为什么打我，一巴掌把我打得摔倒在地上，我捂着脸含着泪却不敢哭，心里恐惧极了。那时父亲在我心目中就是一副暴君的嘴脸。直到长大懂事后，听到村人夸老徐家的孩子“懂事、有教养”，我才对父亲的严厉有了一丝感激。

父亲第一次对我显现出温情的一面是在我 19 岁那年。那年我考上了北京的一所大学。那时交通不便，我要到十几里外的县城坐长途汽车，到省城后再坐火车到北京。前往学校报到的那天，下着大雨，两位哥哥用自行车送我，我们天不亮就出发了。父亲坚持要送我。他在前面打着手电筒给我们照路。我们在沉沉的夜色中默默地走了一程又一程，只听到“唰唰”的雨声和脚踩泥泞的路面发出的嘎吱嘎吱声。我一次次催他回去，他总不肯。大概走了半个小时或是一个小时，天色微微亮了，父亲总算停下了脚步，叮嘱我到了就给家里写信。我走了几步回头看看，他还在原地站着。我鼻子有点酸酸的。后来才了解到，父亲回到家后，就趴在床上大哭了一场。我这才知道，原来凶巴巴的父亲还有这么温情的一面。

我在事业上取得了一点成绩后，父亲对我的态度变得尊敬、谦恭，甚至有点拘谨，有点小心翼翼。他跟我说话总是小声地赔着笑脸。这让我很是不安。小时候觉得父亲很高大、威严，现在才发现他原来是那么瘦小、卑微。我当然喜欢一个和蔼可亲，可以让我随便撒娇、撒欢儿的父亲，可是父亲对我这种态度让我很不习惯，况且我也早已过了撒娇的年龄。我知道父亲是为我高兴，为我自豪。在他的眼里，这个最小的儿子还是有点出息的，让人尊敬的。他用自己的方式表达着这种尊敬。我没有制止他这样做，因为我认为那会让他很尴尬。

我对父亲一向是客客气气的，从来不顶撞他，但有一件事令我一直心怀愧疚。有一年我回老家，家乡领导要请我吃饭，并请我父亲和村支书参加。领导的意思是，我的父母年迈多病，我在外地照顾不上，请村里多多关照。不巧村支书不在家，我想那父亲也别去了，免得有蹭饭之嫌。当时父亲已经换好了新衣服，等着走呢。我跟他说明情况后，他没说什么。事后，母亲告诉我，父亲已经跟左邻右舍说了，市领导要请他和儿子一起吃饭。我一听后悔莫及！父亲那点可怜的虚荣心，就这么被他的儿子轻轻地戳破了。

父亲去世前半个月左右，已经报过一次病危。我匆匆赶回家去，尽管已有心理准备，但还是被吓了一跳。父亲本来就瘦，当时更瘦得只剩下骨头了，眼窝深陷，颧骨突出，看着非常吓人。那时他生活已经无法自理，我帮他擦洗身子，他像个孩子似的不好意思，轻轻地说："脏。"我说："没事。"其实我心里还是很不舒服的，一个那么要强的人，现在只能任人摆布，想着就难受。在家待了几天，大概母亲跟他说了什么，有一天他跟我说："你工作忙，先回去吧，有了特殊情况再回来。"我"嗯"了一声，一出门眼泪就下来了。

这么多年来，我跟父亲交流很少，总觉得他什么都不懂，跟他说不到一块儿。我曾经很不喜欢"父啊"这个称谓，觉得它土，乡里乡气的，当着别人的面都叫不出口。现在，我却特别怀念可以叫"父啊"的时光。如果时间可以停留，我多么希望一直这么叫下去：

"父啊！我的父啊！"

（2013 年）

好汉邢爷

不见邢爷已经三年多了，我十分想念他。

邢爷，我的一个老哥。前些年，我在香港某报社工作时，他由另一家新闻机构调来我社，担任我分管的中国新闻部主任。他年龄比我大几岁，便倚老卖老、以大欺小，虽有上下级之名，而无上下级之实，我也拿他没办法。他相貌高古，却没心没肺，从不为此自卑，成天傻呵呵、乐呵呵的。加之他幽默诙谐，心地善良，急公好义，人缘巨好，人送一个雅号称“邢爷”。每次他去我的办公室，总要在门外大喊一声：“报告!”声音洪亮，中气十足。我知道他是开玩笑的，便也沉声应道：“进来!”我们这些外派赴港人员，上班“白加黑”“五加一”（天天白班连着夜班上，每周工作六天），吃饭饱一顿饥一顿，工作压力大，生活单调乏味，天天累得慌，只能苦中作乐，经常利用傍晚短暂的休息时间和一帮同事朋友去吃露天大排档。几杯啤酒下肚，邢爷用手掌一抹油晃晃的嘴巴，就开始拿我开涮了，说：“我去他办公室，给他喊‘报告’，他竟然回我‘进来’！你们看他的谱多大!”我反唇相讥，说：“你这么大年纪，我不让你进来，难道让你在门外候着不成?”大家都哈哈大笑。邢爷也腼腆地笑了。他就是这么个活宝、老顽童。

2012 年，邢爷请假回南宁探亲。一日，他忽然乐呵呵地给我打电话，说是老婆查出结肠癌，已到了中晚期，要做进一步检查，向我请假。我听了心里一沉，又暗自嘀咕：这老邢怎么回事啊，老婆生病了，他还这么开心，什么意思？我问："怎么样？没事吧？"邢爷说："嗐，死不了！"听他这语气，竟像没事人一样，我也不好多问，就嘱他在家多陪陪嫂夫人，不要急着回港。

过了些日子，他却回来了。我问："嫂夫人的病怎么样了？"邢爷说："不是她，是我！"嗐！老邢口音重，可能他说的是"我老邢"或者"我老汉"，我听成"我老婆"了。误会消除了，但是问题依然没有解决。邢爷说，过一段时间回去做个切除手术就行了，没事。看他轻描淡写的样子，倒像只是一个小手术而已。

过了些时候，他回去做手术了。我惦记着他，经常打电话询问情况。得知他手术非常成功，我很欣慰。那时我对晚期结肠癌的严重性也不了解，以为他真的没事了。

手术后休息了一段较长的时间，邢爷又回香港上班了。我看他骤然消瘦了很多，但精神还不错，还是那么没心没肺地傻乐，只是多年的烟酒戒了。我想，邢爷闯过这一关，看样子是没事了。

可是没过多久，他还是顶不住了，又请假回南宁治疗去了。没想到病情发展得很严重，他已经无法上班了，最后只好辞了香港那边的工作，在家专心治疗。我想找机会去看看他，可是竟不得空。过了些时候，我也申请调回北京工作，从此三年多竟是再也没见过面。

不过我从微信上经常能知道他的消息。换了别人，得了这样的重症，早就心灰意懒、意志消沉了。可邢爷不，他还是成天乐呵呵的，得空就玩微信，有时一天能发好几条朋友圈消息。他对国际国内大事都很关心，反倒是对自己的病情不怎么放在心上。有时他发"慷慨就义"的照片，我还是像过去一样跟他开玩笑，从来没有想过要忌讳什么。实际上，他是用自己的乐观、顽强与命运之神展开了一次次殊死搏斗，闯过了一道又一道鬼门关，遭受了一次次死去活来的折磨。

三年多前，邢爷第一次发现自己长肿瘤，那时已经是晚期了。我相信他内心肯定也有过惊慌失措、恐惧痛苦，可他表现出来的却是若无其事、谈笑风生，就好像只是得了一次小小的感冒一样。他一边冷静地安排后事，一边以乐观的心态配合治疗。为了不让亲人担心，他总是笑眯眯地一如往常。化疗的痛苦，非常人所能忍受，大家都担心他受不了，可他却每天在微信上向大家展示他良好的食欲和精神状况，还得意地使劲地扯自己的头发说："你们看，薅都薅不下来呢！"他在病床上还写诗作文。邢爷身体好的时候曾经嗜酒如命，烟不离手。确诊后，在夫人的规劝下，他先后戒了烟酒。在病床上，他写了一篇《酗酒者说》，回顾了自己饮酒生涯中的种种趣事，最后不无痛心地说："看看现在，何必当初呢！其实，我本有很多机会改邪归正、回头是岸的，但冥顽不化的本性害了自己。我觉得，每个人都应该学会自省和自我调整，在大错铸成之前。"可以说，这是他痛定思痛之后对世人的规劝。文章亦庄亦谐，既令人捧腹，又催人泪下。

化疗结束后，邢爷就每天早晚两次去爬山，风雨无阻。做了 30 年记者，如今才有时间放缓脚步，静静地欣赏南宁的青山绿水。三年下来，邢爷竟然满面红光，步履矫健，谁也看不出他是个晚期癌症病人。朋友们都由衷地为他高兴。

可是 2015 年，邢爷再次跌入深渊。

邢爷是这样总结他的 2015 年的："6 月初肿瘤攻入大脑，生死之战再度打响，开颅手术历时 3 小时完成。继而于当月下旬施行六轮生不如死的化疗。但是，癌细胞斩不尽杀不绝，10 月卷土重来，我那奇形怪状却骄傲的头颅又装上了金属固定架，施行伽马刀手术，如同残酷的凌迟。割肉并没有就此打住；12 月初，继三年多来，剖腹腔开脑腔之后，最后的处女地胸腔也被打开了，切除转移至肺叶的肿瘤病灶！2015 年，我就是这样艰难地走过来了。感恩我的亲朋故旧与同事，大家给了我温暖和力量!”

这样的文字，读着就让人揪心，可邢爷竟是风轻云淡，波澜不惊。我在朋友圈里看着邢爷那装上金属固定架的头颅，更显奇形怪状，可是我一点也笑不出来，更是不知道用什么语言来安慰他才好。虽然没有亲历，但是我可以想象得出他所遭受的那种生不如死的痛苦折磨。可邢爷，还是高昂着他那骄傲的头颅。

做开颅手术那次，进手术室之前，邢爷写好了遗嘱，让朋友们作为见证人签字。他还拜托朋友多多陪伴和开导他太太，让她不要太悲伤，还交代家人要继续服侍好已经呈植物人状态几年的母亲。末了，他拉着他太太一个朋友的手说：“如果我走了，以后麻烦你多照顾我太太啊!”朋友甩开他的手说：“我没空，你出来自己照顾!”一转身已是泪水涟涟。

自从他生病以后，他的亲人、他的同事、他的朋友，给了他太多的爱。他的太太，一位优秀的医生，一位贤惠的妻子，背地里不知道流了多少泪，可是在他面前永远都是微笑着，给他打气，为他寻求更好的治疗方案。她每天陪他上山，紧紧地挽着他的手，给他传递爱和力量；她常常为他调整饮食，希望那“爱的盛宴”，能为夫君打出生命的通道。他的女儿，毅然延迟了继续深造的机会，回家做起了父亲的“小棉袄”，给了邢爷很多欣慰和精神滋润。他的朋友们更是如潮水般一拨拨涌来，看望的，捐钱的，送鸡汤、土货、灵芝、石斛的，还有心愿卡从香港、北京等地频频飞来，上面密密麻麻的都是签名，都是对邢爷暖心暖肺的祝福，连医生对此都感到惊讶。这些都让邢爷深深感动，他常常说：“活到这个境界，痛并快乐着，我无憾了!”

今年元旦之后，邢爷的病情再度恶化。这次，他的脑袋里又冒出4个转移瘤，一个压迫外展神经，使他的左眼视力模糊，还有一个因为水肿压迫，使他从卧位转坐位都感到天旋地转。恰在此时，又传来他母亲病逝的消息。双重打击，使邢爷的情绪低落到了极点。1 月 11 日，他第五次走进了手术室。一个在国外留学的小伙在微信上向他问安，他有点悲观地说：“我是一艘千疮百孔的破船，不知什么时候就会沉没。”小伙回他说：“大海航行靠舵手，破船也能走很久！”他的精神为之一振，回道：“是啊，我们都是自己命运之舟的舵手，只要身体不启动‘熔断机制’，我就要努力走得更远！”

我一直想去南宁看望邢爷，可是因为工作的关系，至今都未得成行。我甚至都想好了一首打油诗，打算到时候念给他听，逗他开心：

千里飞南宁，
为看邢浩峰。
自称泰山顶，
巍然一青松。
原来不过是，
山脚一根葱。
葱虽不起眼，
佐料大作用。
今冬且酣眠，
明春笑东风。

我似乎听到了邢爷没心没肺的“嘿嘿”傻笑声。

对，邢爷大名邢浩峰，是广西新闻界一名普通老兵，一只打不死的“小强”。

（2016 年）